Sofies arv

Roman

af

May Zachary

1.

Orglet brusede hende imøde, da hun kom ind gennem døren til forkirken. Hendes kjole var enkel og smuk og meget meget dyr, og det korte slør dækkede kun lige hendes ansigt. Hendes brudebuket var lille og smagfuld med et par hvide roser og gyldne freesia. Hun kiggede på sin ledsager og smilede lidt sørgmodigt. Han smilede betænkelig tilbage og så hende ind i øjnene.

-Er du sikker? spurgte han.

-Ja, svarede hun og rankede ryggen lidt. - Jeg er sikker.

Nu blev orgelspillet så stille og neddæmpet, at det næsten kun kunne anes. Organisten gjorde klar til at spille det store entrenummer. Hun nikkede til kirketjeneren, der stod klar ved dobbeltdørene, og han lukkede op ind til kirkerummet. I det samme stemte orglet i brudens indgangsmarch. 'Here comes the bride', blev der bebudet til hele forsamlingen, der straks rejste sig for at se og modtage bruden og hendes ledsager.

Sofie trak vejret ganske langsomt ind og lagde ansigtet i de rette folder, så hun udstrålede glæde. Langsomt gik de op ad kirkegulvet frem mod alteret. Hun registrerede, at Markus stod rank med et lille smil og så på hende, mens hun nærmede sig ham. Der var ingen, der lagde mærke til, at hans smil ikke nåede op til hans øjne, ingen undtagen hende. Han så blændende godt ud i sit kjolesæt med en hvid rose i reverset. Hendes ledsager bøjede sig og kyssede hende på kinden, mens han hviskede, at hun endnu kunne nå at skifte mening. Hun klyngede sig til ham et par sekunder, så slap hun de velkendte trygge arme og smilede beroligende til sin gode og altid hjælpsomme gamle ven. Så vendte hun sig om mod sin brudgom. Han tog hendes hånd og strejfede den med et kys, hvorefter han så på præsten og nikkede.

Hun sansede ikke meget af salmerne, musikken og præstens tale. Du kan nå det endnu, du kan nå det endnu. Ordene blev ved med at lyde i hendes øren. Men ingen kunne ane, at der inden i den smukke unge kvinde, der stod og så så glad og lykkelig ud, mens hun svarede ja på de rigtige steder, sad en anden person, der var alt andet end en lykkelig brud.

Markus kyssede hende på læberne, og så var de klar til at forlade kirken til tonerne fra bryllupsmarchen. Hun smilede med nakken kastet lidt tilbage og så forelsket op på sin flotte brudgom. Hun smilede til folk i kirken, og udenfor kirken smilede hun til folk, der kom hen og omfavnede hende og ønskede tillykke. Hun smilede i brudekareten og vinkede til forbipasserende, som var hun en af de kongelige. Og hun smilede hos fotografen, og da de kom ind på det fine hotel, hvor deres bryllupsreception skulle holdes. Hun smilede under brudevalsen, og da hun gik op i deres suite for at skifte tøj til rejsen. Smilet fulgte hende hele vejen, lige til hun kunne finde lidt privatliv inde på badeværelset.

I spejlet så hun smilet dø, og hendes øjne mistede deres glans. Hun sank ned på en forgyldt stol og sad der og trak vejret dybt nogle gange. Hvorfor havde hun gjort det? Hvorfor havde hun ikke bare valgt at flytte og starte et nyt liv langt væk, hvor ingen kendte hende? Hun sad et øjeblik og lod fortvivlelsen skylle hen over sig. Så rankede hun ryggen. Selvmedlidenhed ville hun ikke tillade. Det nyttede jo alligevel ikke noget at give op, det kom der jo ikke noget ud af. Spillet måtte spilles til ende, og selvfølgelig kunne hun klare også det, for hun havde lært, at man kunne klare meget mere end man selv troede. Hun rejste sig resolut fra stolen og stillede sig hen til spejlet igen. Og hun smilede igen, som den lykkelige brud bør gøre det, og lokkede det glædestrålende udtryk frem i øjnene igen.

Da hun kom ud fra badeværelset, stod Markus dér.

-Vognen venter, min ven, sagde han.

-Ja, jeg er straks klar. Sofie smilede og lod ugenert badekåben glide ned fra skuldrene. Så trak hun i den svagt rosafarvede spadseredragt og de matchende højhælede sko. Hun kastede et hurtigt blik ind i spejlet og friskede læbestiften lidt op. Markus var allerede gået ned til vognen med deres bagage, og hun greb sin håndtaske og fulgte efter ham.

-Hvor skal vi hen? spurgte hun, da de havde fået revet sig løs fra alle bryllupsgæsterne og børstet de værste ris ud af håret. De sad bag i limousinen, der kørte afsted med dem.

-Det er en overraskelse. Markus så mystisk og fremmed ud.

-Nå? Sofie lænede sig tilbage og sukkede i tilfredshed over, at brylluppet var forløbet uden forhindringer. Nu ønskede hun bare, at bryllupsrejsen ville gå lige så glat. Hvor de tog hen, var sådan set underordnet. Hun havde bare spurgt af høflig interesse.

-Er du træt? Markus betragtede hende tænksomt, og tanken strejfede hende, om hun mon nogensinde ville lære ham helt at kende. Mente han det, når han viste hende omsorg? Eller var det bare en facade, ligesom den han havde vist til deres bryllupsreception? Nå, det ville tiden vel vise, tænkte hun.

-Ja, lidt, indrømmede hun. Der er altid så meget at ordne til et bryllup, selv om du har fået ordnet det meste selv. Og så er der selvfølgelig spændingen over, om alt går som det skal, om man klarer at gå op ad kirkegulvet uden at snuble, om gæsterne nu bliver for fulde og så videre.

-Du var en meget smuk brud, sagde Markus. En brud som jeg er meget, meget stolt af at kalde min.

-Tak, sagde Sofie. Du så nu ikke så værst ud selv. Hun så på ham og smilede.

Han tog hendes hånd og trykkede et kys inde i hendes håndflade. Så bøjede han hendes fingre, så hendes hånd formede sig som en pakke rundt om hans kys. Hun skævede usikkert til ham. Hvorfor dette skuespil, nu de var alene? Hvorfor var Markus allerede begyndt at forføre hende her i bilen? Sladderen ville vide, at han var god til at forføre damerne, og det var måske ikke så mærkeligt, når man tænkte på, at han havde sit udseende i den grad med sig, så kvinderne faldt for ham på stribe. At han så også var rig og magtfuld og havde succes i sit liv gjorde ikke hans tiltrækningskraft mindre. Det var i grunden mærkeligt, at han ikke for længst var gift, at han i det hele taget havde fået lov til at være ungkarl, lige til han var i midten af trediverne. Men det var der vel en eller anden grund til. Måske tiltalte det ham mere at skifte sine damebekendtskaber ud, efterhånden som han blev træt af dem? Det kunne man ikke så godt gøre med en kone.

***

Solen skinnede ind ad de store panoramavinduer og vækkede Sofie. Hun strakte sig velbehageligt og følte sig fantastisk godt til pas.

Hun havde sovet vidunderligt. Pludselig rejste hun sig op og huskede det hele. Brylluppet, rejsen til det solbeskinnede Middelhav, ankomsten til den pragtfulde ø og det luksuriøse hotel med de private hytter og de fantastiske bademuligheder.

Hun fandt snart ud af, at hun var alene i hytten, og hun strakte sig tilfreds som en kat og havde lyst til at spinde. Hun lå et øjeblik og tænkte på Markus. Rygterne var ikke overdrevet. Han kendte til alle forførelsens kunster som en anden Casanova, og hun var slet ikke ked af at indrømme, at hun havde nydt det i fulde drag. Sofie havde forlængst fundet ud af, at hun var lidenskabelig af natur, og at hun ikke altid behøvede at være vildt forelsket for at få nogle fantastiske erotiske oplevelser. Hun var en moden kvinde sidst i tyverne, og hun havde haft elskere før, tilstrækkelig mange til at kunne kende forskel på de gode og de dårlige. Hun kunne give ligeså godt som at modtage, og hun havde ingen betænkelighede ved at få det bedste ud af enhver situation i soveværelset. Hun var ikke promiskuøs, og der skulle selvfølgelig være en passende kemi mellem parterne, inden hun ville gå med til sex. Og der var masser af kemi mellem hende og Markus, uanset omstændighederne ellers.

Sofie stod ud af sengen og gik ind på badeværelset. Hun stod længe under bruseren og nød at mærke de kølige vandstråler sile ned over sin krop. Hun lukkede øjnene i velbehag og lod hænderne glide ned over sin krop på samme måde, som Markus havde gjort det aftenen før. Hun glædede sig allerede til næste gang. Mon der ville blive en næste gang? Eller måske tænkte han, at han allerede havde gjort sin pligt, og så måtte det være i orden med det. Nej, det ville hun ikke tænke på nu.

Hun skyndte sig at blive klædt på i shorts og top og gik så ud på terrassen, hvor Markus sad og læste i en avis. Det var tydeligt, at han havde ventet på hende, for han havde ikke spist morgenmad, hvorimod han havde en halvfyldt kop kaffe stående foran sig. Han havde badebukser på og en T-shirt. Ligesom hun var han barfodet. Han rejste sig, så snart hun kom ud på terassen, og trak hendes stol ud.

-God morgen, min egen. Har du sovet godt? Han kyssede hende og så spørgende på hende med et spørgense glimt i øjet.

-God morgen, Markus. Jo, tak, jeg har virkelig sovet vidunderligt. Hvad med dig? Hun smilede og så med bløde, drømmende øjne på ham som et smukt billede af den rødmende brud.

-Jo, tak. Jeg har også sovet godt. Du er så smuk, og det var himmelsk at få lov til at elske dig. Det giver en god og tryg søvn. Faktisk helt paradisisk, lige til du begyndte at snorke. Markus lo.

-Jeg snorker ikke! erklærede Sofie, men kunne ikke lade være med at le. Den lette omgangstone var en lettelse, og hun var helt med på at få deres bryllupsrejse til at gå så nemt og gnidningsløst som muligt, og det var Markus åbenbart også opsat på.

-Nå, lo Markus. De har måske anskaffet sig et savværk her i nærheden i nattens løb?

Sofie greb en pude fra den nærmeste stol og smed den i hovedet på ham. Og pludselig løb de rundt og jagtede hinanden med puder som et par uartige skolebørn, mens de fnisede og lo, som kun et nyforel-sket par kunne gøre det. Til sidst greb Markus hende under knæene, hvorefter han småløb ned ad trappen og hen til poolen, hvor han sprang i med hende i favnen. Hun gispede efter vejret, da de kom op til overfla-den igen.

-Vi må hellere få ændret sovearrange-
mentet, hvis min snorken forstyrrer din nattesøvn, sagde Sofie drillende og lo.

-Du kan tro nej, svarede Markus og fik hende til at miste vejret igen, da han kyssede hende lidenskabeligt. Hun slyngede armene om hans hals og benene om hans hofter, og hun var ikke spor i tvivl, om der ville blive en næste gang eller en næste gang igen. Han var lige så ophidset som hun, og det eneste hun tvivlede på, var om de ville nå op til deres hytte, inden de rev tøjet af hinanden.

Der var kommet andre gæster til poolen, og de smilede ved synet af det nygifte par, der pjattede rundt og åbenbart ikke kunne få nok af hinanden. Ak ja, tænkte de, og huskede på at de selv engang havde været på bryllupsrejse.

***

Resten af deres bryllupsrejse gik på samme måde. Dagene var fulde af oplevelser og nætterne af hed elskov, lige som en rigtig bryllupsrejse skulle være. De lejede en bil og kørte op i bjergene for at se lidt af den landlige kultur og idyl, der var at se for turister, og de købte hinanden små pjattede gaver til minde om disse dage med hinanden. De sejlede ud med fiskerbåde til de små øer, og de prøvede også at fiske og at snorkle. De fandt en smuk sandstrand, hvorfra de kunne bade under meget private omstændigheder. De spillede bold på stranden og fandt på forskellige lege sammen med andre gæster. Om aftenen dansede de i måneskin til smægtende romantisk musik fra restaurantens orkester. Men de talte aldrig om at komme hjem til Danmark.

De vidste selvfølgelig, at en skønne dag blev de nødt til at forlade dette paradis. En skønne dag blev de nødt til at snakke om fremtiden og om deres liv sammen. Deres samtaler her på dette sted holdt sig til overfladiske ting som efter en fælles stiltiende aftale. Hun vidste lidt om Markus fra sin tid i gymnasiet, og hun kunne ikke undgå at vide, at han var en succesfuld forretningsmand, men hvad han ellers tog sig til, og hvordan hans tilværelse forløb under almindelige omstændigheder, det vidste hun meget lidt om. Hun formodede, at han vidste om hende, at hun havde en uddannelse fra handelshøjskolen, og at hun havde været gift før. Men en skønne dag ville de komme tilbage, og så ville de lære hinanden at kende på en anden måde, der havde mere med hverdag og krav og pligter at gøre.

Den skønne dag kom næsten hurtigere, end hun havde lyst til at tænke på. En aften ringede hans mobiltelefon. Det havde den gjort nogle gange før, men han havde ordnet sagen så hurtigt som muligt og var så vendt tilbage til hende. Denne gang blev det anderledes.

- Sofie, vi bliver nødt til at rejse hjem i morgen. Der er nogle vigtige forretninger, som jeg selv bliver nødt til at tage mig af, så ... Han så på hende med beklagelse i øjnene.

-Ja, sagde hun. Det måtte jo komme. Men det har været en aldeles vidunderlig bryllupsrejse, helt anderledes end ... Hun tav og så ned i bordet.

-Ja, helt anderledes end vi havde ventet under de foreliggende omstændigheder. Han rakte hen over bordet og tog hendes hænder. -Jeg håber, at dette her bliver en dejlig drøm, som vi kan se tilbage på, når vi er kommet hjem. Desværre bliver vores tilværelse helt anderledes, men det kan vi altid komme nærmere ind på, når vi er kommet hjem.

-Hvor skal vi bo? spurgte hun, og det slog hende pludselig, at det i hvert fald var ret ualmindeligt, at bruden ikke vidste, hvor hendes kommende hjem ville være. Sådan noget plejede man at ordne inden brylluppet, så det hele var klart at komme hjem til efter bryllupsrejsen.

-Åh, jeg havde tænkt mig, at vi i begyndelsen skulle bo i mit hus i byen, men vi kan altid finde ud af noget andet, hvis du ønsker ændringer.

-Er det dine forældres hus på Frederiksberg? spurgte Sofie.

-Ja, men de bor der ikke mere. Ikke ret meget i hvert fald.

-Hvad mener du med det? Sofie forstod ikke rigtig, og hun kendte godt huset fra for ti år siden. Hun havde været der en enkelt gang, da hun gik i gymnasiet, og hun kunne huske, at det var et stort flot hus, der virkede lidt overvældende på hende.

-De har købt et mindre hus nede på Falster, hvor de tilbringer det meste af deres tid. De overnatter selvfølgelig i huset, når de kommer til byen, men det er så sjældent, at det ikke vil få nogen praktisk betydning. Markus sagde ikke mere og hun følte, at han ikke havde lyst til at snakke mere om det, så hun spurgte ikke mere.

Deres sidste aften på deres bryllupsrejse blev lige så dejlig som alle de andre aftener. De spiste middag på en hyggelig restaurant ude på landet, og da de kom tilbage til deres hytte, dansede de ude på terrassen og nød musikken, der nåede dem fra restauranten. En romantisk aften, der endte i den uundgåelige og meget tilfredsstillende elskov, som de havde nydt godt af på bryllupsrejsen.

***

De blev modtaget i Kastrup af en storsmilende Simon og hans kone Anna. Simon havde ført hende op ad kirkegulvet, og han og hans kone var hendes bedste venner fra en tid, hvor hun havde haft det svært i storbyen. Sofie havde sendt Simon en sms om, hvornår de kom hjem, og der stod de med små papirflag og et velkommen hjem skilt, et betryggende billede på dansk almindelighed og jovialitet. De omfavnede Sofie og kyssede hende på begge kinder, mens de fortalte hende, hvor godt hun så ud, og hvor det klædte hende at være så solbrændt.

De var måske knap så imødekommende mod Markus, men det kunne man kun forvente, eftersom de kendte til baggrunden for deres bryllup. Snart blev det lille selskab overrendt af fotografer, der gerne ville have et billede af de nygifte til deres blad, og Markus stillede beredvilligt op til fotografering og var meget imødekommende og smilende overfor fotografernes spørgsmål, mens han holdt om Sofie og så meget stolt og forelsket ud.

Markus førte an ud til den ventende bil, hvor chaufføren straks kom hen og tog sig af bagagen.

-Sofie, hvor skal dine venner hen? spurgte Markus. –Vil de køre med os, eller har de bil selv? Han virkede med et meget kold og afvisende, tænkte Sofie. Var det den nye hverdag, der her viste sig?

-Tak for Deres venlige tilbud, hr. Viliander, sagde Simon og smilede anstrengt til Markus. –Vi har planlagt at besøge nogle venner her i nærheden, så vi kan desværre ikke tage imod det. Han vendte sig mod Sofie og gav hende et knus, mens han hviskede til hende, at han ville ringe til hende senere. Efter flere knus og kys fra Anna steg Sofie ind i den ventende bil, der kørte det hjemvendte brudepar til deres nye tilværelse sammen.

***

Deres nye tilværelse sammen? tænkte Sofie bedrøvet. Hjemkomsten havde været som et iskoldt brusebad på en frostklar vintermorgen. Huset var lige så stort og overvældende, som hun huskede det fra de mange år tilbage, og hun følte sig meget uvelkommen, ensom og kold. Det virkede som et mausolæum, og den eneste formildende omstændighed ved det var, at hun havde fået sin egen suite med et kønt soveværelse, en yndig lille dagligstue og et meget luksuriøst badeværelse.

-Det var min søsters værelser, inden hun blev gift, sagde Markus. —Jeg tænkte, at det nok var noget for dig. Mine værelser ligger i den anden ende af huset. Hvis du mangler noget, skal du bare sige det til fru Petersen. Han vendte sig for at gå, men standsede op henne ved døren.

-Jeg bliver nødt til at tage hen på kontoret nu, og i morgen flyver jeg til New York. Der skulle ligge en mappe med kreditkort og andre nødvendigheder på dit skrivebord. Mine telefonnumre og emailadresse skulle også være der. Jeg forventer at høre fra dig, hvis ... ja, hvis vores rejse har fået det ønskede resultat. Vi ses nok på et eller andet tidspunkt. Farvel.

2.

Hverdagen var begyndt for Sofie, en hverdag i selskab med sig selv og lejlighedsvis med husholder-sken fru Petersen. Da Markus havde sagt farvel, havde han åbenbart ment farvel, for hun havde ikke set ham igen, siden de kom hjem fra bryllupsrejsen. Men han var jo travlt optaget af vigtige forretninger, og så var der også turen til New York.

Fru Petersen havde vist hende rundt i huset den første dag. Det var unægteligt lidt frygtindgydende, og Sofie tænkte mere end en gang på, at det var ikke noget lykkeligt hus. Atmosfæren føltes stiv og kold, og der manglede i den grad kærlighed, undtagen i hendes værelser. Det første indtryk var, at det havde været en varm person, der havde boet i hendes værelser før, hvorimod hun ikke kunne mærke nogle formildende vibrationer fra de andre rum i huset. Selv køkkenet føltes tomt og koldt med alle de moderne køkkenma-skiner.

Fru Petersen havde det overordnede ansvar for husholdningen, og hun havde en fastboende

kokkepige til madlavningen og en rengørings-
hjælp, der kom et par timer hver dag. Desuden var
der chaufføren, der havde opsyn med bilerne og
boede i sin egen lejlighed over garagen. Og så var
der havemanden, der også kom et par gange om
ugen.

Sofie havde en af de første dage spurgt fru
Petersen, om der var noget, hun kunne hjælpe til
med, men husholdersken havde bestemt afslået
enhver form for hjælp. Hr. Viliander ville ikke
synes om, at hans hustru skulle bebyrdes med
husarbejde. Fru Petersen ville konferere med
fruen hver dag om det, der skulle laves i huset, og
kokkepigen ville hver eftermiddag komme og tale
med fruen om madplanerne for den følgende dag.
Personalets fridage blev afholdt på sådan en
måde, at der altid var et par af dem til rådighed
for fruen.

Så fruen er frit stillet, tænkte Sofie ved sig
selv. Fruen kan gøre, som fruen vil, bare hun
opfylder de krav, der var blevet pålagt hende før
brylluppet. Dagene blev brugt til at læse og holde
sig ajour ved computeren om, hvad der foregik i
verden udenfor. Om aftenen var der fjernsynet og
et stort bibliotek med alverdens bøger og

forskellige film, hun kunne sætte i DVD-afspilleren. Og bagefter var der så tomheden i hendes ellers så hyggelige og varme soveværelse, hvor hun skiftevis havde mareridt eller drømte om brylluprejsen og de hede elskovsnætter med Markus. Jo, hun savnede den samhørighed og den lidenskab, de havde oplevet sammen, selv om hun ikke elskede ham. Hun savnede også samværet med almindelige levende mennesker, syntes hun.

Ikke et eneste ord havde hun hørt fra Markus. Ikke en email eller en hurtig sms. Det virkede, som om han fuldstændig havde slået hende ud af tankerne, men det var vel, hvad man kunne forvente af ham. Utvivlsomt havde han andre kvinder at ty til, hvis man ellers skulle tro på de rygter, der gik om ham i sladderspalterne.

Men efter at have tilbragt nogle stille dage i det tavse hus følte Sofie, at hun blev nødt til at komme lidt væk. Hun ringede til Anna og aftalte at komme og besøge hende om eftermiddagen. Samtidig kunne hun inspicere sin lille lejlighed, som hun ikke ville sælge, men ønskede at beholde for alle tilfældes skyld.

***

Chaufføren, Olsen, kørte hende til hendes lejlighed. Hun sagde til ham, at hun selv ville finde hjem, for hendes bil stod her på hendes parkeringsplads, og hun ville gerne have den hos sig, så hun nemmere kunne komme rundt. Hun ville give ham besked, når hun kom hjem, så han kunne vise hende, hvor hun kunne parkere bilen.

-Herren sagde ellers, at jeg skulle stå til rådighed for fruen, når hun ønskede det. Olsen blev stædigt stående, men hun smilede til ham og forsikrede ham om, at han nok skulle få lov til at stå til rådighed ved at tage sig lidt at hendes gamle bil, når hun kom hjem. Hvis han altså havde tid til det, og når herren ikke havde brug for ham. Olsen tog til kasketten og smilede tilbage.

–Så siger vi det frue, sagde han. Så satte han sig ind i bilen og kørte sin vej.

Sofie sukkede lettet. Nu havde hun lidt tid væk fra mausolæet derhjemme, og hun følte hvordan hun kunne slappe af her i sin egen lejlighed. Hun gik lidt rundt og vænnede sig til fornemmelsen af sit 'rigtige' hjem. De gammelkendte lyde fra et vandrør her, fodtrin ude på trappeopgangen der, klassisk musik fra en anden af lejlighederne, alt sammen tegn på liv og det føltes gammelkendt og trygt for hende. Potteplanterne var sendt i pleje hos Anna, og der var tydeligvis blevet luftet ud nogle gange, mens hun havde været væk. Hvad skulle hun have gjort, hvis ikke hun havde fundet Simon og Anna, dengang hun havde det rigtig skidt?

Hendes tanker gik tilbage til den kolde februardag, hvor hun havde mødt dem. Hun havde siddet ved et lille skrammet bord på den billige café med en kop kaffe, der forlængst var blevet kold. Hun havde en slidt kuffert stående under bordet, og hun så forhutlet og elendig ud. Hun ledte i lommerne efter nogle mønter for at se, om hun havde nok til endnu en kop kaffe. Hun måtte have en undskyldning for at blive siddende lidt endnu, bare til hun havde fået samlet sig, så hun vidste, hvor hun skulle gå hen. Den trivelige vært havde nok lagt mærke til hendes fortvivlede søgen i lommerne på den slidte frakke, for han kom hen til hendes bord med kaffekolben og skænkede uopfordret op i hendes kop.

-Nej, nej, udbrød hun forfærdet. -Jeg kan ikke betale for kaffen. Hun så forlegent ned i bordet.

-Så kan du bare betale en anden gang, sagde værten. –Hør, har du travlt, jeg mener, skal du noget? Åh, lad mig bare spørge ligeud: kan du ikke hjælpe mig lidt. Min kone plejer at servere, men hun blev nødt til at køre hen på hospitalet til en af sine veninder, der pludselig blev indlagt.

-Mener du med at servere? Sofie så forbavset på ham. –Tror du, jeg kan finde ud af det? Hun så tvivlende på ham, men han havde set det interesserede glimt i hendes ansigt.

-Selvfølgelig kan du klare det, sagde værten. -Jeg hedder Simon, og jeg ved,at jeg snart får et større rykind af sultne mennesker, der gerne vil have lidt frokost, og det bliver lidt svært for mig at lave mad og at servere samtidig. Så, vil du ikke nok? Hvad hedder du, forresten?

-Jeg hedder Sofie, og jeg vil da gerne give et nap med, hvis du virkelig mener det.

-Fint. Kom med ud bagved, så kan jeg vise dig, hvor det hele står, og hvordan det foregår.

Sofie rejste sig og tog sin kuffert og fulgte med Simon ud i bagværelset. Hun var ved at besvime, da hun gik gennem køkkenet og følte duften af mad. Hun havde ikke spist noget nævneværdigt i flere dage, hun havde ikke haft noget appetit, og desuden havde hun ikke haft penge til at købe noget for.

Simon skævede til hende, men sagde ikke noget. Han viste hende til rette og gav hende et serveringsforklæde at tage på. Så trak han hende ud i køkkenet igen og fik hende til at sætte sig for enden af køkkenbordet, mens han kom med en eller anden historie om, at hvis man skulle servere for folk, så måtte man også vide, hvad der blev serveret og hvordan det smagte. Så øste han en portion gullasch med kartoffelmos op til hende og gav hende en friskbagt bolle til.

-Nå, kan det spises? Han så spændt afventende på hende, mens hun tog en mundfuld og derefter nikkede. – Skal der mere salt i, tror du? Eller måske basilikum?

-Det smager dejligt, sagde Sofie. Hun var nødt til at lægge bånd på sig selv for ikke at sluge det hele på en gang, hun havde ikke været klar over, at hun var så sulten. –Ikke mere salt eller noget andet, men det ved du vist godt selv, ikke? Hun så vist på ham og smilede lidt. Så spiste hun hele portionen og sukkede veltilfreds, da hun skubbede tallerkenen fra sig og takkede for mad.

-Nå, fint, sagde Simon. –Er du klar til at servere? Jeg tror, de er begyndt at komme nu. Du skal bare sige, når de spørger, at dagens ret er gullasch med kartoffelmos. Og så skal du spørge, om de skal have noget at drikke til.

***

Hendes telefon ringede og brød ind i hendes tanker.

-Det var morsomt, sagde hun, da hun hørte, hvem der ringede. – Jeg sad netop og tænkte på dig og dengang jeg kom ind i din café første gang. Jeg sidder i min lejlighed lige nu og havde tænkt mig at kigge ind forbi hos jer, når jeg er færdig her. I har luftet ud her, kan jeg mærke. Åh, Simon, hvor er det dejligt at være herhjemme igen!

-Nå, sagde Simon. –Jeg ville bare høre, hvor du var henne, for Anna sagde, at du ville komme på besøg i dag, og så ville jeg gerne se dig, inden jeg tager afsted til et møde ude i byen.

-Jeg kommer nu, sagde Sofie og afbrød forbindelsen. Så strøg hun kærligt hen over en sofapude og rettede på et billede på væggen. Hun sukkede, men så tog hun sig sammen og gik hen mod døren. Der var ikke langt hen til Simon og Anna, så hun foretrak at gå i stedet for at tage bilen. Hun kunne komme tilbage og hente bilen, inden hun skulle tilbage til huset igen.

Simon og Anna omfavnede hende og var meget rørt over at se hende igen. Det var tydeligt, at de havde savnet hende. Midt i deres glæde var der en slags beklemthed, en eller anden undertone af tristhed, som også gav et genskær i Sofies øjne, selv om hun prøvede på at fortrænge det. Hun vidste, at hun ikke kunne skjule noget for sine venner, og at de kendte til hendes historie og hendes ægteskaber.

-Nå, sagde Simon, da de havde sat sig til bordet i deres rummelige køkken og fået kaffe op i kopperne. –Behandler han dig ordentligt, din mand?

-Lige nu behandler han mig slet ikke, hvis jeg kan sige det sådan. Jeg har hverken set ham eller hørt fra ham, siden den dag vi kom hjem fra bryllupsrejsen. Sofie kiggede ned i kaffen og tog en lillebitte bid af wienerbrødet. Så så hun op på Simon og smilede lidt bedrøvet.

-Det er et rædsomt hus, han har. Jeg kalder det mausolæet i tankerne, fordi det virker så mørkt og koldt. Heldigvis har jeg fået en suite med dagligstue, soveværelse og badeværelse for mig selv, og det er de eneste værelser i huset, jeg føler jeg kan trække vejret i. Der opholder jeg mig for det meste.

-Og hvor længe skal du så bo der? Simon så slet ikke glad ud.

-Det ved jeg faktisk ikke, det har vi ikke talt om. Til jeg kan dokumentere, at jeg er i stand til at overholde den aftale, vi indgik før brylluppet, formoder jeg.

-Underligt menageri, brummede Simon. — Jeg sagde til dig, at det var det rene galimatias, og at der måtte være andre muligheder.

-Kære barn, blandede Anna sig nu i samtalen. —Min fornuft siger mig, at du ikke bare kan sidde der og blive deprimeret. Er der noget i jeres aftale, der forhindrer dig i at tilbringe dagene udenfor dette mauso-læum?

-Nej, ikke så vidt jeg ved. Sofie sad lidt og tænkte sig om. —Jeg tror, jeg har været lidt lammet, siden vi kom hjem. Al den kærlige omsorg, forførelse og lidenskab i de to uger vi var væk, og så pludselig et styrtdyk ned i en iskold tilværelse, det er ligesom et for stort chok til at kapere sådan lige med det samme.

-Besynderligt, sagde Anna.

-Aldeles unormalt, sagde Simon rød i kammen af harme.

-Njah, egentlig forventede jeg ikke noget særligt, men det ser ud til, at virkeligheden sommetider kan overgå selv de vildeste fantasier. Sofie lo lidt, men det lød ikke som nogen glad og ægte latter.

-Nå, men vi må bare håbe på det bedste denne gang, ikke også min skat? Simon rejste sig og gik hen mod døren. —Jeg bliver desværre nødt til at gå til det møde, jeg fortalte dig om, men lad os ses igen inden så længe. Du må hellere ringe til os, når det passer dig. Man ved jo aldrig, hvem der er i nærheden, når man ringer til dig, og vi ønsker ikke at gøre det mere besværligt for dig, end det er i forvejen. Anna vil fortælle dig om et forslag, vi har til dig.

Sofie så spørgende op på Anna. –Et forslag?

-Ja, vi har tænkt lidt over, at du stadig har din lejlighed. Hvad med at bruge dagene til lidt free lance arbejde? Du kunne tage dig af vore regnskaber, som du har gjort før, og bruge din lejlighed til kontor. Så har du lidt andet at tænke på, bortset fra at du så også får mulighed for at tjene lidt håndører, selv om det nok ikke er så påtrængende, når man er gift med en rig mand som hr. Viliander.

-Det lyder som en god idé. Sofie fik et tænksomt udtryk i øjnene. –Jeg må tænke lidt over det.

***

Efter besøget hentede Sofie sin bil og kørte tilbage til huset. Hun parkerede den foran garagen og vinkede til Olsen, som straks kom ud til hende og anviste hende en plads i den store garage, hvor der stod flere store og dyre biler.

Da hun kom ind til middag, kom fru Petersen med en besked til hende fra Markus.

-Herren ønskede, at fruen skulle deltage i en vigtig forretningsmiddag med efterfølgende dans ude i byen i morgen aften. Olsen vil køre Dem hen til hans kontor kl. seks, hvorfra De skal tage ud til et meget fint sted, hvor der naturligvis kommer en hel del fotografer fra sladderbladene. Han bad Dem om at tage den grønne silkekjole på.

-Tak, fru Petersen, sagde Sofie. Nå, hun skulle vises frem for fotografer og forretnings-forbindelser, tænkte hun. Jamen, det var jo en del af opgaven, ikke? Hun trak på skuldrene og gik hen og spiste sin middag i ensom majestæt, hvorefter hun gik op på sine egne værelser.

***

-Goddag, min kære, hvordan har du det? Markus så undersøgende på hende, men han smilede ikke.

-Åh, goddag, darling, sagde Sofie med et strålende smil, mest til ære for Olsen og andre, der måtte være i nærheden. -Tak, jeg har det fint. Hvad med dig?

-Jo tak, jeg har haft temmelig travlt, men ellers går det fint. Han tav lidt og så på hende. – Den står så godt til dine øjne, den grønne kjole. Du er meget smuk, og alle mine forretnings-forbindelser vil blive misundelige på mig i aften.

Det blev en vellykket aften, måske fordi hun ikke havde forventet noget særligt, tænkte Sofie. Markus havde været meget opmærksom hele aftenen, men det var jo en rolle han spillede, så hun lagde ikke så meget i det. Hun havde truffet nogle interessante mennesker og måske også et par stykker, som nok ikke ville komme til af figurere på hendes gæsteliste, hvis hun ellers fik lov til at bestemme. Og så var der de uundgåelige fotografer, der havde knipset løs.

En af mændene, Sten Øjvang, var kommet hen til hende og bedt hende om en dans, og under dansen spurgte han hende, om hun ikke havde boet på en lille ø, da hun var barn. Han havde været der med sine forældre, da han var barn, og han syntes nok, at han kunne huske en lille pige ved navn Sofie.

-Jeg kan ikke have forandret mig særlig meget, hvis du kan genkende mig efter så mange år, lo Sofie.

-Áh, sagde han. –Det røde hår og de grønne øjne røber dig. Desuden ligner du din bedstemor

Anastasia til forveksling. Vi har nemlig et billede af hende og Sofus, da de var unge og nygifte.

Sofie smilede. –Det er mærkeligt, hvis jeg ligner Anastasia, grandtante Ana, som jeg kaldte hende. Hun var nemlig ikke min bedstemor, men var gift med min bedstefar Sofus' bror Andreas. Men det er meget længe siden, jeg har været hjemme på Lyngø. Der var ligesom ikke så meget at tage hjem til, da mine forældre var døde. Vi plejer at udveksle julekort, grandtante Ana og jeg. Men det kan være, jeg finder på at tage en tur hjem til øen på et eller andet tidspunkt.

-Det kan være, vi ses på øen igen, sagde Sten og trykkede hende tæt ind til sig. Sofie veg tilbage og forsøgte at lægge afstand imellem dem, og hun var meget glad, da dansen var overstået. Det blev ikke med hendes gode vilje, at hun skulle mødes med ham igen, tænkte hun.

Mens de sad i bilen og kørte tilbage efter festen, spurgte hun Markus, om der var noget i vejen for, at hun tilbragte lidt tid i sin lejlighed om dagen. Der var ikke så meget at tage sig til i huset, og hun ville gerne beskæftige sig med regnskaber og konsulentvirksomhed, som hun jo var uddannet til.

Markus var ikke glad for det. Det måtte jo ikke hedde sig, at han ikke kunne forsørge sin kone. Men han kunne godt se, at hun ikke var den type, der kunne sidde hjemme og trille tommelfingre, så hvis hun kunne holde lav profil, så havde han ikke noget imod det.

-Farvel, min egen, sagde Markus, og kyssede hende på begge kinder, da de skiltes ved dørene til hans kontorbygning. Sofie havde forstået, at han havde en lejlighed dér. –Lad mig høre fra dig, hvis der sker noget nyt.

-Farvel, Markus. Sofie vinkede, og så kørte Olsen hende hjem til huset.

3.

Der lå et brev til Sofie ved hendes kuvert en morgen nogle dage efter deres aften ude i byen. En dyr konvolut uden afsenderadresse bagpå, kun med navnet Øjvang med flot svungen skrift i nederste venstre hjørne på konvoluttens forside.

Fra Sten? Spørgsmålet for gennem hendes hoved. Hvad ville han mon? Hun stak kniven under konvoluttens flap og skar den op. Et ark papir og nogle klip faldt ud. Hun tog arket, hvor Sten havde skrevet nogle ord. – Har du set, hvad sladderpressen har skrevet om dig og Markus? Hvornår kan vi ses til en drink eller måske en frokost? Jeg glæder mig meget til at se dig igen.

Hun betragtede billederne af sig selv og Markus. Derpå så hun et ældre billede af Markus med armen om livet på en blond skønhed. Marie, hans forlovede for nogle år siden, blev der oplyst. Hende der døde så tragisk i en bilulykke. Og hvor man dog glædede sig over, at Markus var kommet over det og nu havde fået en anden smuk dame og ovenikøbet havde giftet sig med hende. Bladet beklagede dog, at det nygifte par var så sjældent at se deltage i storbyens events, mon der lå noget mistænkeligt bag? Man lovede at følge sagen op.

Det var ikke nyt for Sofie, at Markus havde været forlovet, og at hans forlovede var død i en bilulykke. På en måde var det grunden til, at hun sad i den situation hun var i lige nu. Den tragiske ulykke havde nemlig gjort en ende på hendes ægteskab, for det var hendes forhenværende mand, Holger, der havde været skyld i ulykken. Han fik ikke selv så meget som en skramme, men hans bil havde med stor fart vædret Maries bil og skubbet den ind under en stor lastbil, så stakkels Marie nærmest var blevet halshugget. Hun var død på stedet. Holger blev tiltalt for uagtsomt manddrab, men han var ikke meget for at skulle i fængsel, og på en eller anden uforklarlig måde havde han set sit snit til at flygte ud af landet.

Senere kom det frem, at Holger med tiden havde drænet alle deres konti. Han havde ved hjælp af sine forbindelser solgt deres hus uden at fortælle Sofie om det. Da han ikke kom hjem, henvendte Sofie sig til politiet og meldte ham savnet. Først på dette tidspunkt fik hun at vide, at Holger havde været kendt af politiet, og at de havde holdt et godt øje med ham gennem længere tid, fordi han havde holdt sammen med nogle mistænkelige personer fra et forbrydersyndikat. Da politiet rullede hele sagen op for hende, viste det sig, at Sophie sad tilbage uden tag over hovedet og uden penge.

Hendes identitet var pludselig blevet tilintetgjort, og chokket var så stort for hende, at hun på må og få havde vandret rundt ude i byen kun iført en tynd kjole og havde derved pådraget sig en dobbeltsidig lungebetændelse. En ambulance var blevet tilkaldt, da hun blev fundet bevidstløs på en bænk i en park, og hun lå længe på hospitalet uden at kunne foretage sig noget som helst. Der kom ingen for at besøge hende på hospitalet, og den kjole, hun var ankommet i, var blevet væk i hospitalets vaskeri. Hun havde åbenbart medbragt sin håndtaske, og på uforklarlig vis indeholdt den stadig hendes pengepung, men der var kun et par hundrede kroner i den. Der var også nøgler til huset, men hun havde i mellemtiden fået at vide, at huset var blevet solgt, og alt indbo og tøj var blevet sendt til en genbrugscentral. De nye ejere var allerede flyttet ind, så dér kunne hun ikke komme mere. Hendes og Holgers omgangskreds eller såkaldte venner havde ikke vist hende nogen interesse, efter at Holger havde vist sig at være kriminel, så hun kunne ikke henvende sig til dem. Selv havde hun ikke haft nogle venner, og Holger havde ikke ønsket, at hans kone skulle gå på arbejde, så heller ikke i den retning havde hun noget netværk at ty til.

Da hun endelig skulle udskrives fra hospitalet, havde personalet dér skaffet hende noget brugt tøj samt en skrammet brun fiberkuffert med rustne lås at have sine få ejendele i. Socialrådgiveren på hospitalet havde givet hende en adresse på et kvindehus, hvor hun kunne tage hen, til hun fandt et andet sted at være. Men Sofie havde ikke lyst til at indlogere sig på et kvindehus, og hun gik fortvivlet rundt og ledte efter et eller andet sted at være. Da hun havde brugt næsten alle sine penge og var træt og elendig, gik hun ind på en lille café, og varmen og den hyggelige atmosfære fik hende til at sætte sig ved et bord og forestille sig, at hun hørte til. Hun havde været så træt, og hun var sikkert også faldet lidt hen, for pludselig sansede hun, at hun sikkert havde siddet der alt for længe. Kaffen var blevet kold, og hun fumlede i håndtasken og lommerne efter nogle mønter til en frisk kop kaffe. Så stod Simon foran hende med kaffekolben. Og Simon og hans kone Anna havde reddet hendes liv og var blevet hendes rigtige venner gennem de følgende år. Det ville hun aldrig glemme, og hun gjorde alt for at gengælde deres kærlige venlighed mod hende.

***

Sofies gamle bil skinnede i solen og så ud som om den havde fået en ansigtsløftning. Sofie smilede og sendte Olsen nogle venlige tanker. Jo, han havde virkelig taget sig af den i sin fritid, for han havde ofte travlt med at hente og bringe Markus rundt inde i byen og køre ham til og fra hans forskellige møder samt til og fra lufthavnen, når han tog på forretningsrejser.

Hun kørte hen til sin lejlighed, som hun var kommet i vane med gennem de sidste uger. Hun nød at have noget at bestille, og hun følte sig som et helt menneske igen, en nogle andre mennesker havde brug for at kontakte og at snakke med. Hun havde fået flere kunder, som regel små virksomheder hvis ejere kendte Anna og Simon, og som måske ikke ønskede at gå til de store revisionsfirmaer med deres regnskaber, men var fuldt tilfreds med Sofie som deres revisor og rådgiver i skattemæssige sager.

Sofie sad fordybet i et indviklet regnskab for blikkenslager Holm, da det ringede på døren. Hun gik ud og lukkede op og blev lidt forundret, da hun så, at Markus stod udenfor og så på hende.

-Markus, kommer du her? Hendes forundring var tydelig at høre i hendes stemme, og hendes hage var ved at falde ned på brystet af overraskelse.

-Har du tid? Markus så undersøgende på hende. –Du ser meget optaget ud.

-Selvfølgelig har jeg altid tid til dig, Markus. Kom indenfor. Sofie trådte nogle skridt tilbage og gjorde plads til, at Markus kunne komme forbi hende ind i entreen. –Jeg sad lige og var ved at finde ud af blikkenslager Holms mere eller mindre katastrofale regnskab. Han er vist en god blikkenslager, men det der med papirer, det siger ham ligesom ikke noget. Han er den type, der smækker alle regninger og kvitteringer op på et søm i baglokalet på hans forretning, og så samler han det hele sammen i en bærepose og sender en eller anden over til mig med det, så må jeg jo finde ud af det, som jeg bedst kan.

-Det lyder som en stor opgave, du der har fået. Markus fulgte med Sofie ind i stuen og satte sig i en lænestol med benene strakt ud foran sig. Hun satte sig på en stol ved skrivebordet og sneg sig til at kaste et hurtigt blik på hans lange og muskuløse lår. Et glimt af en solbrændt og velholdt mandskrop med meget lidt tøj på for hen over hendes indre blik, og et minde om de følelser, denne krop havde tændt i hende, fik hendes hals til pludselig at blive meget tør, så hun blev nødt til at rømme sig. Hun så ned på sine hænder, der havde grebet om stolens armlæn, og tvang sig til at løsne grebet, så hænderne så afslappede ud.

-Må jeg byde dig noget at drikke? Jeg skulle lige til at lave mig en kop kaffe. Der er vist også øl og hvidvin i køleskabet. Sofie rejste sig fra stolen og gik hen mod køkkendøren, mens hun smilede til Markus.

-Kaffe ville være dejligt, sagde Markus, mens han fulgte efter hende ud i køkkenet. -Men lad mig hjælpe dig. Jeg kan tage kopper og mælk.

Vi kan jo også sidde her i køkkenkrogen, det er så hyggeligt.

-Hvad skylder jeg æren af dit besøg, spurgte Sofie, da de havde fået kaffe i kopperne og nogle småkager at bide i.

-Det er så længe siden, jeg har fået talt med dig. Markus tav lidt og så hen for sig. —Godt nok var vi i byen sammen forleden, men det er synd at sige, at vi fik snakket sammen. Du talte med Sten Øjvang, så jeg?

-Ja, han påstår, at han kan genkende mig fra jeg var en lille pige ude på øen, hvor hans familie åbenbart har været på ferie. Og lige her til morgen fik jeg et brev fra ham med et par klip fra et af sladderbladene. Har du set dem? Hun tog sin håndtaske og tog konvolutten frem og viste ham billederne.

-Nej, dem har jeg ikke fået set. Jeg kigger sjældent på de sladderblade, ofte er sandheden noget fordrejet eller overdrevet for ikke at sige direkte fraværende. Han kiggede lidt på billederne. —Det er mærkeligt, at de ikke har fundet ud af sammenhængen.

-Du mener, hvem jeg i grunden er?

-Ja, jeg har hele tiden regnet med, at en eller anden sensationslysten bladsmører ville få et tip fra en eller anden, men det er endnu ikke sket, så måske ... Markus så på hende og smilede ironisk, som om han ikke rigtig selv troede på, at de kunne undgå det.

-Nå, jeg har jo forandret mig meget, siden jeg var gift med Holger. Desuden har jeg ikke været vant til at blive fotograferet, hver gang jeg trådte ud ad døren, som visse andre heromkring. Noget andet er, at jeg har et meget uromantisk og lavprofileret job uden spor af glamour, og at jeg kun viser mig ude til fester sammen med dig. Jeg har aldrig været noget partymenneske, ved du. Sofie så ned på sine hænder, der havde fået en lille rød plet fra en spritpen på den ene tommelfinger. Hun vædede pegefingeren på tungen og gned på pletten.

-Det kan være, vi slipper afsted med det. Vi får se! Markus kiggede ud ad køkkenvinduet, og Sofie mærkede på ham, at han havde noget på hjerte, som han havde lidt svært ved at få sagt. Hun kunne næsten gætte, hvad det var, han ville spørge hende om, og det var måske ikke så mærkeligt under de givne omstændigheder.

-Jeg har ikke hørt fra dig, siden vi kom hjem fra bryllupsrejsen. Markus var tydeligt pinligt berørt, og Sofie undrede sig over, at han viste nogle følelser i det hele taget. Det var mange år siden, at hun havde set Markus vise nogle følelser. Der var dengang, da hun lige var kommet ind til fastlandet fra øen for at begynde på gymnasiet, hvor Markus var startet på universitetet. Da havde han fortalt hende om sine drømme, og hans øjne havde skinnet ved tanken om alt det, han ville udrette med sin karriere. De sås et par gange, men de havde ikke haft så meget til fælles, og det gled stille og roligt ud i sandet, da hun fik travlt i skolen, og han fik andet at tænke på.

Det var en meget forandret Markus, hun havde genset mange år senere, og det var hans følelseskulde, hun først havde mærket som en isfinger ned ad rygraden. Der var selvfølgelig sket så meget i den mellemliggende tid, men på en eller anden måde følte hun, at Markus havde omgivet sig med en kynisk og følelsesforladt kappe, der kun lejlighedsvis blev lagt til side, når han rullede sin charme hen over mennesker for at opnå noget til sin egen fordel. Det havde hun oplevet på deres bryllupsrejse, og når de var sammen med andre mennesker, der betød noget i hans verden. Hun vidste også, at hun måtte være hudløst ærlig og forretningsmæssig.

-Markus, du har ikke hørt fra mig, siden du besluttede dig til at flytte ind i din lejlighed i kontor-komplekset inde i byen og efterlade mig i dit ... hus. Jeg har ikke haft noget at fortælle, som du ville være interesseret i at høre. Vi var på bryllupsrejse i 14 dage, og vi dyrkede sex som ethvert brudepar ville have gjort det. Men der er ingen tegn på, at jeg er gravid, eftersom jeg har haft menstruation, siden vi kom hjem. Jeg har ikke været hos lægen eller taget en graviditetsprøve, for jeg mente ikke, det var nødvendigt. Men hvis du insisterer, så vil jeg gå ned på apoteket og købe sådan en prøve. Så kan jeg altid sende dig en sms, så du ved, om du behøver at bekymre dig om det. Sofies stemme var nøgtern, og hendes ansigt afslørede ingen følelser.

-Det kan jo ikke skade at tage den prøve. Så ved vi, hvad vi har med at gøre. Markus rejste sig og gik hen mod døren. Så vendte han sig og så hende ind i øjnene. –Vi kunne jo også ... opføre os som det nygifte par, vi i grunden er? Spørgsmålet hang lidt i luften og dirrede mellem dem.

Sofies hals snørede sig sammen, og hun glemte at trække vejret et øjeblik.

-Kunne vi? hviskede hun. Så trak hun vejret dybt og så på Markus. Et langt øjeblik stod de og så hinanden ind i øjnene, og minderne om elskov og uforglemmelig lidenskab på deres bryllupsrejse skabte et gnistrende energifelt omkring dem og førte dem umærkeligt hen mod hinanden. Der var han igen, hendes charmerende elsker fra bryllupsrejsen. Forføreren. Ham med den solbrændte guddommelige krop og de hænder og læber, der kunne få hende til at glemme sit eget navn. Hun følte, at hun var ved at drukne i hans mørke øjne, og hendes ben føltes som om de var ved at smelte. Hun trak vejret dybt igen og rankede ryggen. Han måtte ikke opdage, hvor påvirket hun var af hans nærvær.

-Ønsker du at ... genoptage forholdet her og nu? sagde hun så roligt og sagligt, hun formåede. –Du har jo ikke ønsket at opholde dig under det samme tag som jeg i de sidste seks uger, så jeg formoder, at det er med den største modvilje, at du er kommet ind i min lejlighed i dag. Det burde ikke tage så lang tid. Du er jo ekspert i forførelse og en god elsker, så det kan utvivlsomt blive behageligt også for mig.

Han stod tavs og så på hende. Hun så, at en fin rødme havde bredt sig over hans høje kindben. Han havde også lidt besvær med vejrtrækningen. Hun tog hans hånd og trak ham med sig ind i soveværelset. Så sparkede hun skoene af og stillede sig foran ham og begyndte at klæde ham af. Da hendes hænder strøg kærtegnende hen over hans brystvorter, og hun bed ham blidt i hagen og lod tungen glide erotisk hen over de næsten usynlige skægstubbe, stønnede han og tog hendes læber i et krævende kys.

-Du er en heks, stønnede han, og beviste endnu engang overfor hende, at han virkelig var en god elsker. Åh, gud, hvor havde hun dog savnet ham! Savnet hans kærtegn, hans kys. Hans hænder, der kendte hendes krop så godt, og hans læber og tunge, der havde sådan en magt over hende. Hans krop, der var sådan en frydefuld fornemmelse at kærtegne og kysse. Sammen kunne de nå ufattelige højder, og elskoven ville altid leve videre i hendes tanker og erindringer, om hun så levede til hun blev hundrede år, tænkte hun.

Hun vidste ikke, kunne ikke huske, hvordan det var sket, men pludselig var de to nøgne kroppe, der på alle måder prøvede på at smelte sammen. Lidenskaben imellem dem skabte sit eget univers, fyldt med de utroligste fornemmelser og følelser, og til sidst da de begge kom i en sjælesønderrivende orgasme, følte Sofie sit hjerte hamre rytmisk 'Jeg elsker dig, elsker dig, elsker dig, elsker dig, Markus!' Havde hun sagt det højt? Nej, det måtte ikke ske, tænkte Sofie. Han måtte ikke se, hvor svag hun var overfor ham. Hun mønstrede al sin styrke for at virke kølig og nøgtern.

-Det var dejligt, sagde hun. Jeg har faktisk savnet sex, men det skal vi ikke tænke på nu. Du ved, jeg vil ikke indlade mig med nogen anden, så længe vi har den aftale. Men nu har du gjort din pligt, om jeg så må sige, og så må tiden vise, hvad der sker. Med fare for at lyde ... øh ... uromantisk må jeg sige, at du er hermed løst fra al omgang med mig, indtil du hører fra mig igen angående den prøve. Du må tage brusebad først. Sofie tog sin kimono på og gik ind i stuen og satte sig ved skrivebordet. Ti minutter senere hørte hun entredøren smække, og hun var alene igen. Nu kunne hun græde og vise sine følelser, for ingen var der til at høre hende.

4.

Markus sad ved morgenbordet, da Sofie kom ned i spisestuen morgenen efter deres møde i hendes lejlighed. Hun var overrasket, men så tog hun sig sammen og gik hen til bordet.

-Godmorgen, min egen, sagde han, sikkert til ære for fru Petersen, der lige var kommet ind ad døren til spisestuen med kaffekanden.

-Åh, godmorgen, Markus. Sofie smilede og løb hen og gav ham et tydeligt smækkys lige på munden, også til ære for fru Petersen, som sikkert ikke troede på dette rollespil alligevel. Fru Petersen var meget diskret, men hun var bestemt ikke dum. Det skadede dog ikke at foregive, at alting var i den skønneste orden i ægteskabet, selv om der var mange ting, der tydede på det modsatte, tænkte hun.

-Det var dejligt at se dig her til morgen, kvidrede Sofie glad. Det er vi desværre ikke så forvænt med, vel fru Petersen? Fru Petersen smilede lidt, men sagde ikke noget.

-Nej, jeg har jo haft så forfærdelig travlt i den seneste tid. Jeg kom ret sent hjem, så jeg ville ikke forstyrre dig i aftes. Markus sendte hende et ømt blik. –Jeg havde tænkt mig, at vi skulle køre en tur. Der er noget jeg gerne vil vise dig. Han tog et stykke ristet brød og smurte marmelade på det.

-Det lyder da spændende! Sofie bed i en bolle, der sjovt nok smagte som savsmuld og var anderledes tør, end de ellers plejede at være. Hun drak sin juice, som heller ikke rigtig smagte af noget, men den kunne da lindre lidt på den tørhed, der pludselig var opstået i hendes hals. Hvad var det, han ville vise hende? Hun kunne ikke rigtig forestille sig, at han havde skiftet mening og ville interessere sig mere for hende, end han havde gjort i den sidste tid. Han havde tværtimod bestræbt sig på at holde sig væk fra sit hjem og sin kone i mere end seks uger. Hendes mave knyttede sig sammen, og hun kunne ikke rigtig finde ud af, om hun var glad eller ængstelig ved tanken om at køre nogen steder med ham.

Fru Petersen trak sig tilbage til køkkenregionerne, så Sofie blev alene med Markus. Smilet til ære for husholdersken falmede lige så stille, og hendes ansigt antog et neutralt udtryk.

-Det kan man da kalde en overraskelse at se dig her, bemærkede Sofie. Nu havde jeg ligesom vænnet mig til, at du syntes vi burde leve hver for sig. Jeg her i dette m... dette hus sammen med de tjenende ånder, og du i dit elfenbenstårn inde i byen, hvorfra du kan sende bud efter mig, hvis du skulle have behov for at promenere din hustru ude i byen. Og så pludselig uden varsel opsøger du mig i min lejlighed, og så her ved morgenbordet. Er der sket noget?

-Nå, sket og sket. Ikke andet end at jeg tydeligvis har forsømt dig på det groveste, og det er nok et forkert signal at sende ud til omgivelserne, hvis vi skal gå for at være et lykkeligt nygift par. Markus så på hende og hævede et øjenbryn, så han kom til at ligne en italiensk filmstjerne, der var ved at forføre den uskyldige skønhed. Ham og hans forførelses-kunster, tænkte Sofie. Han mener jo ikke noget med det.

-Det er blevet tydeligt for mig, at du ikke er særlig begejstret for at bo i mit hus. Fru Petersen siger, at du sjældent er hjemme om dagen, og at du, når du er hjemme, for det meste tilbringer din tid i din egen suite. Det må være en meget ensom tilværelse, jeg har budt dig, og det er jeg ked af. Det har aldrig været min mening at straffe dig personligt.

-Nå, jeg er vant til at være alene, og jeg føler mig sjældent ensom. Ja, jeg tilbringer de fleste af mine dage i min lejlighed, for der har jeg noget at tage mig til, og desuden behøver jeg ikke at spille rollen som en anden. I min lejlighed er jeg Sofie Havlund, der ordner regnskaber og rådgiver i skattemæssise sager for mine kunder, der for det meste er små håndværkervirksomheder. I dit hus er jeg fru Viliander, der ikke må røre en finger, fordi det er upassende for en rigmandshustru at bestille noget som helst.

-Jeg håber da, at fru Viliander får hænderne fulde inden ret længe i vores hjem. Markus så på hende, men hun havde pludselig travlt med at betragte indholdet i sin kaffekop, som om den skulle kunne give en passende forklaring på alle ting.

-Hvad er det, du vil vise mig? spurgte Sofie for at skifte emne. Det nyttede ikke noget at snakke om hvis og hvorfor og hvornår. Hun foretrak kølige og nøgterne fakta, for det kunne man arbejde med, hvori-mod hypotetiske scenarier havde det med at rejse sig over ende en skønne dag og nærmest hugge hovedet af alt håb.

-Jeg har set på et hus, som jeg tror, du ville synes om, sagde Markus.

-Et hus? sagde Sofie forbavset. Det havde hun i hvert fald ikke ventet, når Markus nu havde et hus i byen og en lejlighed i sit kontorkompleks, og hun selv havde en lejlighed. Hvad skulle han så med et hus til? Men bevares, hvis det var det, han ville.

-Ja, jeg er faktisk så sjældent herhjemme, at jeg helt har glemt, hvordan det føltes. Faktisk så fatter jeg ikke, at jeg ikke har købt et andet hus forlængst, for dette er ikke noget lykkeligt hus. Markus kneb læberne sammen og så på hende med et dystert blik.

-Så du mener, at huse kan have følelser, kan være lykkelige eller ikke? spurgte Sofie. Hun var overrasket over, at Markus havde udtrykt hendes egne tanker om hans hus.

-Ja, sagde Markus. –Nogle huse har en skøn atmosfære, eller hvad man nu kan kalde det. Det er ligesom de udstråler varme og hygge, og man føler sig velkommen, når man træder ind i dem. Det kan man jo ikke påstå er tilfældet med huset her, og det er lige meget, hvor meget man skruer op for varmen, eller hvor mange blomster man arrangerer i rummene. Det føles ligesom kulden ikke vil slippe sit tag i det. Jeg husker det helt tilbage til min barndom. Han rystede på hovedet.

-Mine værelser føles ikke kolde og uhyggelige, sagde Sofie.

-Det var min søsters værelser, og det er de bedste værelser i huset med hensyn til atmosfære. Min søster er et dejligt menneske, og jeg ved ikke, hvordan hun har fået ændret temperaturen eller atmosfæren inde hos sig, men det har hun gjort. Det var også grunden til, at du fik hendes værelser. Markus smilede igen. –Men skal vi køre?

-Ja, giv mig fem minutter. Jeg skal lige have min taske og min frakke. Og så må jeg hellere ringe og udsætte et møde med en af mine kunder, så skal jeg være der. Sofie gik hurtigt op ad trappen for at ordne sine ting, og hun følte en vis lettelse over, at Markus tilsyneladende igen var begyndt at vise følelser, og at han tog hensyn til hendes følelser, og at han ikke havde lukket af for den dårlige atmosfære i huset. Han havde ikke nævnt noget om deres møde dagen i forvejen, og det var hun glad for. Hun tvivlede dog ikke på, at det ville komme på dagsordenen, men hun var glad for, at det ikke skete i det skrækkelige hus. Måske ville det også blive lettere at snakke om deres situation, hvis de ikke behøvede at se på hinanden. Hun følte også, at hun bedre kunne forklare sig, hvis hun ikke så på ham. Hvis det altså blev nødvendigt at forklare noget, tænkte hun, mens hun gik ud til Markus i den ventende bil.

***

Novembersolen skinnede blegt på den flunkende og velpolerede sportsvogn, som brummede velbehageligt ud ad landevejen. Der havde været en del trafik i byen og på motorvejen, men her på landevejen var der ikke så travlt. De havde kun udvekslet nogle få ord, og sjovt nok føltes det, som om det var helt i orden. Næsten som et ældre ægtepar, der havde kendt hinanden i så mange år, at de ikke behøvede at sætte ord på deres tanker, fordi de forstod hinanden.

Sofie smilede lidt hen for sig, mens hun vendte hovedet væk, så Markus ikke skulle se hendes ansigt. Hvad var det dog for tanker, der kørte gennem hendes hoved?

-Er du glad for at vi kører ud for at se på et hus? spurgte Markus. Han havde åbenbart set hendes smil alligevel.

-Ja, ja! svarede Sofie hurtigt. Det var vist bedst at tale ham efter munden, selv om hun egentlig ikke var særligt interesseret i et nyt hus. Det nuværende arrangement fungerede jo udmærket, og varigheden af deres såkaldte ægteskab ville nok ikke strække sig over så lang tid, at det gjorde nogen forskel. Hun havde det ganske udmærket i sin lejlighed, og det var hendes hensigt at flytte rigtig ind i den igen bagefter, for der følte hun sig lykkelig.

-Det er også et dejligt hus, og det ligger meget smukt. En af mine forretningsforbindelser fortalte mig om det. Nogle af hans bekendte ville flytte til England og ville derfor sælge huset, og han tilbød at køre mig derud for at se på det.

-Nå, nå, svarede Sofie.

-Du siger ikke meget, sagde Markus og skævede til hende.

-Nej, der er nok ikke så meget at sige. Sofie drejede hovedet og så på Markus. Hendes ansigt var udtryksløst, som det plejede at være, de sjældne gange hun og Markus talte sammen.

Pludselig drejede Markus ind på en rasteplads og standsede motoren. Så vendte han sig og så undersøgende på Sofie.

-Hvordan kan det være, sagde han. Så tav han og trak vejret dybt. –Sofie, hvordan kan det være, at du er som en vulkan i sengen, som en forelsket skolepige, når andre er tilstede og som et isbjerg, når vi er alene sammen som nu her i bilen?

-Markus, hvordan kan det være, at du er som en Casanova i sengen, som en omsorgsfuld og forelsket ægtemand, når der er andre tilstede, og fuldstændig kold som is og ligeglad, når ingen ser, gav hun igen.

-Touché, sagde Markus. Den havde jeg fortjent.

-Ja, sagde hun.

-Jeg kan alligevel ikke lade være med at undre mig over, at der er så megen lidenskab i dig, sagde Markus. —Det er ikke for at fornærme dig eller for at beklage mig, at jeg spørger om disse ting. Hvordan skulle jeg dog kunne beklage mig over noget, der kun kan opleves som det rene paradis for enhver mand med rødt blod i årerne.

-Der var nogen, der lærte mig, at lidenskab var en naturlig menneskelig ting, og at den kunne være smuk og dejlig, når der eksisterer en vis kemi mellem parterne, sagde Sofie. — Desuden er jeg vist et ret praktisk menneske, der tænker, at hvis det virker, så hvorfor ikke bruge det.

-Var det din mand, der lærte dig det? ville Markus vide.

Sofie rystede på hovedet. Det var noget, der skete længe før hun mødte Holger, fortalte hun ham. Hun kunne huske, da hun mødte Markus første gang. Han var høj, mørkhåret og havde meget blå øjne, og så havde han en kløft i hagen, der gav ham en næsten fandenivoldsk charme. Han havde også en lang hale af piger hængende om halsen eller i kølvandet, og han tog ingen af dem alvorligt og havde bestemt ikke i sinde at binde sig til nogen eller noget.

Sofie var blevet advaret, men han rev helt bogstaveligt benene væk under hende en solskinsdag i parken, hvor en del unge mennesker spillede fodbold, og hvor Markus gled i en tackling og ramte ikke bare fodbolden men også Sofies ene ankel, så hun trimlede omkuld. Han kom hurtigt på benene igen og skyndte sig at hjælpe hende op, men hun havde forstuvet foden og kunne ikke støtte på den. Markus fik snart arrangeret et bærehold, der to ad gangen skiftedes til at bære hende hen til en læge, som konstaterede, at hun ikke havde brækket noget, men at hun skulle holde sig i ro et par dage, til den værste hævelse var forsvundet.

Siden fragtede bæreholdet hende på en budcykel hjem til mosteren, som fnøs og skældte ud over, at hun nu skulle ligge hjemme til besvær, og at hun bare kunne have holdt sig væk fra drengene, så var der ikke sket noget.

Markus var gledet ud af hendes liv, fordi han havde andre interesser og andre kærester. Hun havde været temmelig umoden dengang, og havde ikke opdaget sin seksualitet på det tidspunkt, så han havde åbenbart ikke syntes, at hun var interessant nok.

Hun plejede at arbejde i postterminalen i sine ferier, og der havde hun mødt en dejlig mand, der var noget ældre end hun. Han var meget charmerende, og hun havde troet, at hun var forelsket i ham. Han havde intet imod at indvi hende i kærlighedens mysterier, men han overbeviste hende om, at hendes forelskelse ikke var andet end blændværk, fordi han havde lært hende noget om sex. Han var følsom nok til at kende forskel på ægte kærlighed og forelskelse i kærligheden.

Hendes tilbeder havde også lært hende, at kærlighed ikke altid var en forudsætning for at have det godt sammen seksuelt. Historisk var romantisk kærlighed ikke særlig gammel, og de fleste ægteskaber blev indgået af praktiske grunde som fornuftsægteskaber, for at føre slægter videre eller for at bevare rigdom-me og ejendomme i en eller anden familie. Hvis der var en god kemi mellem parterne, så var det bare en bonus, og de var meget heldige, og kunne nyde deres samvær.

Han havde også fortalt hende, at han var gift, og havde bedt hende søge ud i livet for at finde en partner, der var mere passende til hende. I begyndelsen var hun blevet ked af det, men med tiden havde hun indset, at han havde haft ret, og at hun slet ikke havde været forelsket i ham. Men hun var evigt taknemmelig for alt det, han havde lært hende om hendes krop. Han havde også lært hende, hvordan hun skulle tage vare på sig selv og sin krop, og at seksualiteten ikke var beregnet på at blive misbrugt, men at den skulle bruges som den vidunderlige ting den var uden samvittighedsnag eller skyldfølelser, når bare de rigtige forudsætninger var til stede for sådan et samvær.

-Så, der har du grunden til min lidenskab, som du kalder det, sagde Sofie.

-Det var sjovt, sagde Markus. –Jeg havde helt glemt de nærmere omstændigheder ved vort første møde. Men jeg kan godt forestille mig, at jeg ikke var særlig interesseret i at binde mig til nogen. Jeg kan ikke huske, at jeg var sådan en damernes mand dengang, men vi var jo temmelig unge, og jeg fik snart andre ting at tænke på. Markus betragtede hende et øjeblik i tavshed, med et mærkeligt udtryk i ansigtet. Var det beklagelse? tænkte Sofie.

Derpå fortalte Markus, at han havde mistet forbindelsen med hende, fordi hans far havde nogle vældige problemer i firmaet, og han havde travlt med at hjælpe faderen med at komme i orden igen. Han havde ikke været uinteresseret i hende, havde hele tiden ønsket at tage forbindelsen med hende op igen. Men da han følte, at han kunne gøre det, og at han nu havde noget at tilbyde hende, så var hun kommet sammen med Holger Damberg, og han ville ikke ødelægge noget for hende.

***

-Sikken en dejligt hus, sagde Sofie, da de kørte op foran døren. Det så virkelig så hyggeligt ud, at man næsten kunne forestille sig, at en lykkelig og kærlig familie måtte bo der. Man kunne næsten lugte duften af bagværk og kakao fra køkkenet, tænkte Sofie.

Huset var stort og venligt. Der var en stor veranda foran hoveddøren med et par trappetrin ned til   selve indkørslen, der var belagt med stenfliser. De gik rundt og kiggede på alle rummene og på haven bagved huset. Der var sådan en ro og venlighed at mærke i alle rummene, så Sofie kunne ikke lade være med at bemærke, at det var da en verden til forskel mellem dette hus og så huset i byen. –Ja, det er måske, fordi det ligger sådan lidt ude på landet, hvor der ikke er trafikstøj og sådan noget, prøvede hun at dække sig ind.

Markus lod venligt, som om han ikke havde lagt mærke til, at hun havde antydet, at huset i byen var skrækkeligt. –Ja, det er meget smukt, sagde han bare. –Og ikke så langt fra byen. Det skulle være let at pendle ind på arbejde herfra. Jeg tror, der er en jernbane et sted her i nærheden, så det skulle kunne lade sig gøre. Har du set nok? Så kører vi igen. Jeg har et møde i byen om en time, så jeg må hellere få det lange ben foran.

5.

Sofie kørte i land fra den lille færge i sin mørkerøde gamle Daihatsu. Lyngø var hendes fødested, men hun havde ikke været på besøg, siden hun var 17 år. Hendes eneste slægtning på øen havde været hendes grandtante Anastasia, eller Ana, som hun var blevet kaldt i familien. I travlheden med skolegang og ungdomsliv og dets trængsler havde Sofie næsten helt glemt sin grandtante, men denne havde åbenbart ikke glemt hende. De havde udvekslet julekort, men mere var det ikke blevet til, måske fordi grandtanten ikke var god til at skrive dansk.

Sofies forældre havde realiseret en gammel drøm et års tid efter, at deres datter havde taget sin studentereksamen. De havde solgt deres hus og købt en sejlbåd, som de ville sejle rundt på verdenshavene med. De havde rigtig levet livet i nogle år, men derefter havde heldet ikke været med dem. Det sidste Sofie havde hørt om dem var, at de var omkommet et eller andet sted i det indiske ocean et par år efter, at hun var begyndt på sit studium på handelshøjskolen. Dermed havde der ligesom ikke været nogen grund til at komme tilbage til øen, for deres hjem var blevet opløst, der var ingen grav at besøge, for forældrene var bare forsvundet i havet og var aldrig blevet fundet igen. Der var heller ingen søskende, hun kunne søge trøst hos, ingen bedsteforældre, ingen undtagen grandtante Ana, der nu også var død.

Sofie havde fået et brev fra en sagfører for et par uger siden om, at hendes grandtante Anastasia Metzner Havlund var død og havde efterladt hende sit hus. Hun havde følt en vis sorg og skyldfølelse over, at hun ikke havde gjort mere for at holde kontakten vedlige med den eneste slægtning, hun havde tilbage på øen. Det havde ikke altid været så let, for grandtante Ana var en slags fremmed fugl, og hun havde ikke altid været nem at omgås, så det var ofte det nemmeste at overlade hende til sig selv og selskabsdamen Karen Merete.

Det havde flere gange strejfet hende, hvorfor grandtanten ikke bare havde testamenteret huset til sin selskabsdame, der trods alt havde boet hos hende i mange år. Men hun ville vel få en nærmere forklaring på det, når hun fik talt med hende. Sofie kunne have bedt sagføreren om at sælge huset for hende, så hun ikke havde behøvet at komme tilbage til øen. Men hun var lidt nysgerrig efter at se sin arv. Desuden havde hun også trængt til at komme lidt væk hjemmefra for ligesom at få hverdagen med alle dens problemer på afstand.

Hun havde arrangeret at møde sagføreren og en ejendomsmægler, men hun ville lige have tid til at gennemgå huset og se, om det var klart til at sælge. Desuden trængte hun nok også til lidt ferie, så et par dage på øen var ikke helt af vejen.

****

Mens hun kørte det sidste stykke vej hen mod grandtantens hus, tænkte Sofie tilbage på sin barndom og på sin tid på øen. Hun havde haft en god og lykkelig barndom, men hun var rejst hjemmefra øen og ind til byen da hun var 17 år for at gå på gymnasiet. Det var ikke så almindeligt, at unge piger gik på gymnasiet, det var mere de unge drenge, der forlod øen og begav sig ud på en uddannelsesrejse, der gennem gymnasiet og højere læreanstalter gav dem de nødvendige kvalifikationer til at få en god højtstående stilling, hvor de tjente masser af penge til at stifte hjem og familie for. Hun havde dog insisteret på at komme på gymnasiet, hun ville ikke følge det almindelige ungpigemønster ude på landet med at tage sig af andre kvinders børn og gøre rent og lave mad og vaske tøj og alt det, der hørte hjemmet og en hjemmearbejdende husmoder til.

Hun havde haft så mange planer dengang, og gymnasiet var bare det første trin på vejen. Hun boede hos sin mors søster, Ellen, der nok ikke havde tænkt sig at hænge på en ung pige, som hun nødvendigvis følte at hun havde ansvaret for. Derfor forekom moster Ellen hende meget kold og fjern og sommetider rent ud sagt fjendtlig. Hun var hjemmegående, passede hus og mand og deres eneste søn, og for det meste var atmosfæren så kold, at Sofie holdt sig for sig selv på sit værelse. Når hun gik ud efter skoletid i begyndelsen, så var det kun for at gå på biblioteket. Biblioteket var en åbenbaring og en helt ny oplevelse for Sofie. Der var ikke noget bibliotek på øen derhjemme, og alle de dejlige bøger i byen lokkede og trak i hende, så hun havde næsten ikke tid til at lave lektier, for hun sad som regel begravet i en eller anden bog på biblioteket.

Et par gange kom hendes forældre på besøg, når de skulle ordne et eller andet inde i byen. Så fik de hende til at føle sig mere ensom end nogensinde, for hun kunne høre dem snakke og le sammen med moster Ellen og hendes mand inde i stuen, som om det hele var helt i orden, og alt var så dejligt. De kom ikke ind på hendes værelse og spurgte, hvordan hun havde det, hvordan det gik i skolen, eller om hun savnede det derhjemme. Det stak i hjertet, og hun vidste ikke helt hvorfor, men senere havde hun fundet ud af, at det var ensomheden, der havde pint hende sådan.

Tiden i gymnasiet var et helvede og et paradis for hende. Hun var rædselsslagen den første dag hun mødte op, hvor der var hundreder af andre som alle syntes at kende hinanden, og de snakkede og grinede sammen, mens hun selv stod i et hjørne og følte sig klodset og tyk og grim og meget, meget dum. Senere kom hun selvfølgelig til at kende dem og opdagede, at de slet ikke var så trygge ved situationen, som de havde givet det indtryk af den første dag. Godt nok kendte nogle af dem hinanden og de snakkede og lo sammen, men de var ikke dygtigere end hende i timerne. Hun lærte snart at skjule sig bag en maske og spillede en rolle, som varede ved i skolen, de tre år hun var der.

Hun holdt ikke nogen studenterfest selv, da hun var færdig med gymnasiet, men hun var med til festerne hos de andre. Den store huedag begyndte med en højtidelighed i skolens aula, hvor rektor overrakte eksamensbeviserne til alle de mange nye studenter. Pigerne havde hvide kjoler og hvide sko på, mens drengene var i hvid skjorte, mørke benklæder og mørkt slips. Huerne var beviset på deres nye storhed, de havde klaret at få en studentereksamen og var således vel rustet til at fortsætte studierne på universitetet eller handelshøjskolen, eller hvad de nu måtte ønske, som rektor sagde.

Forældrene var også med og var stolte af deres så voksne og kloge afkom, som måske alligevel ikke var så modne, som man kunne ønske ifølge en af de gamle og strikse tysklærerinder, der forlængst burde været gået på pension, syntes studenterne. Der blev snakket til studenterkaffen og kagerne i skolens kantine, og forældrene fik gode råd fra mere eller mindre vellidte lærere om, hvad deres børn burde studere, og hvad man mente, de egnede sig til. Efter studenterkaffen drog de unge håbefulde ud på deres togt til alle de kammerater, der havde deres hjem der i byen. Studenterne gik i flok og følge og sang studentersange som 'Gaudeamus igitur' og 'Sjung om studentens lyckliga dar' for nu at vise, at de havde ret til at kalde sig studenter og var anderledes end mange af deres jævnaldrende. Porten stod åben til højere uddannelse, embedseksamener, højere stilling og højere status i samfundet.

Og mens de vandrede rundt og fejrede deres eksamen, gravede huens hårde læderbræmme en kant i hovedbunden, som det tog nogle dage at slippe af med igen. Dette var i sandhed en *rite de passage*, et bevis på at man var kommet et skridt videre i livet.

Det var under disse festligheder, at Sofie og Markus var kommet sammen igen for en kort bemærkning til en fest hos en af hendes klassekammerater. Pludselig var Markus altid der, hvor Sofie var, og holdt hendes hånd og dansede med og hos hende. Men det varede ikke længe, så var han væk igen. Markus var ambitiøs, og han havde udstukket en kurs der gik direkte ind på jurastudiet, for han skulle nemlig følge sin far og farfar ind i deres hæderkronede sagførerfirma.

Mange af Sofies skolekammerater havde valgt at tage ud og rejse i sommerferien, de ville ud og opleve verden og se, hvordan de fremmede kulturer klarede sig. Bølgen af hjælpearbejder i alle mulige lande ville hellere end gerne have de unge mennesker til at hjælpe i deres sommerferier, og der var mange, der kom hjem igen beriget af oplevelser, fulde af lus og lopper fra deres arbejde i Abbé Pierres lejre, talte om verdenssituationen og politik, hvad amerikanerne dog skulle i Vietnam, og hvorfor stormagterne dog ikke kunne finde ud af at blive enige om at nedlægge våbnene og 'make love not war'.

Sofie havde fundet sig et job som afløser på postterminalen, som hun plejede i sine ferier, for hun var nødt til at arbejde for at tjene penge til sit videre studium. Desuden havde hun endnu ikke besluttet sig til, hvad hun ville studere, noget på handelshøjskolen sikkert, for hun var ikke så interesseret i det, man kunne studere på universitetet. Ganske vist elskede hun litteratur, men det var mere den slags litteratur, der ikke krævede så meget af hendet intellektuelle kræfter, men som gav hende oplevelser og måske også fik hende til at glemme de kedelige ting i tilværelsen.

Hun var dog ikke helt uvidende om fin litteratur, men helt ærligt så var der ikke så meget af det, som sagde hende noget. Hun kunne ikke altid forstå, hvordan nogle mennesker kunne sidde og nærmest savle over nogle digte, og det var sjældent at hun rigtig fattede, hvad det hele gik ud på, når folk brød ud i jubel over en ny digter. Ofte tænkte hun, at det var for at blære sig, at mange mennesker dyrkede det de kaldte for kultur, for meget af det lod hende helt kold.

Senere hen i livet havde hun fundet ud af, at når ordene i et digt fik hende til at opleve nogle følelser, så kunne hun godt forstå digtet. Når hun vendte tilbage til det gang på gang, tænkte over det, læste det igen og igen, så var det, fordi det talte til hendes følelser, og fordi det skabte nogle indre oplevelser i hende. Det var det samme med malerier, pludselig kunne hun forstå, hvorfor dette eller hint maleri var rigtig ægte og god kunst. Hvis hun analyserede sine følelser, så kunne hun ikke altid sætte ord på, hvad det var i netop dette maleri, der fik hende til at synes om det.

Ikke al musik sagde hende noget heller. Klassisk musik, den lette af slagsen så som Mozart, kunne hun godt forholde sig til. Men hun sagde altid, at meget af det moderne klassiske musik med disharmonier og lignende mærkværdigheder ikke sagde hende noget som helst, og så kunne andre bare sidde der og sige ih og åh over den ene eller anden visionære musiker eller komponist. Hun ville strække sig så langt som til at sige, at man nok skulle vænne sig til sådan noget.

En, der havde sin uddannelse fra handelshøjskolen, havde en højere uddannelse og kendte en masse teorier og læste en masse bøger, var som regel alt for pragmatisk til at falde i svime over finkulturelle ting, mente hun. Det drejede sig om at gøre det, der virkede, det der kunne bruges til noget fornuftigt.

***

Sofie standsede bilen udenfor grandtantens hus. Hun lagde mærke til, at haven så ganske nydelig og velholdt ud, mens huset selv måske trængte til en kærlig hånd hist og her. Det var nok ikke så nemt for to ældre damer at holde et hus udvendig, der var sikkert så meget vedligeholdelsesarbejde, som det ikke var helt let for ældre mennesker at tage sig af. Så vidt hun huskede, var det Karen Merete, der havde grønne fingre og dermed fik æren for, at haven var så smuk og velholdt.

Grandtante Anas historie var ikke helt almindelig, tænkte Sofie, mens hun betragtede huset. Karen Merete, der var blevet tante Anastasias veninde og selskabsdame nogle år efter, at hun som ganske ung kom fra Kiev ved floden Dnjepr i det nuværende Ukraine til Lyngø før 2. verdenskrig for at gifte sig med Andreas Havlund, broder til Sofus Havlund, der var Sofies bedstefar.

Ana og Andreas havde mødt hinanden i Wien og havde danset vals til smægtende wienermusik, og de var faldet for hinanden. Det tog lidt tid for Anastasia at få forældrene, faderen Aron Metzner, der var af jødisk herkomst, rig sagfører og vellidt politiker, moderen Nadja Stolniakova af ukrainsk herkomst, overtalt til at lade hende rejse til Lyngø i Danmark. Hun var en forkælet, rig pige som ofte fik sin vilje, og hendes bror Valentin havde derfor ledsaget hende til Danmark, hvor hun skulle besøge Sofus og hans familie.

Valentin var rejst tilbage til Kiev og havde forsikret sine forældre om, at Anastasia var i gode hænder og meget lykkelig for at besøge familien på Lyngø. Helt kort efter marcherede tyske tropper ind i Polen den 1. september 1939, og det varede ikke længe, før det blev anset for aldeles usikkert at rejse rundt i Europa.

Anastasias familie var kede af, at hun blev hængende i Danmark under de urolige forhold i Europa, men de trøstede sig med de breve, de fik fra hende, hvor hun fortalte dem, hvor lykkelig hun var hjemme hos Andreas Havlunds familie. Lige før Kiev var blevet indtaget af de tyske tropper i 1941, fik Aron Metzner et vink fra nogle sagførervenner om, at det nok ikke var tilrådeligt for ham at blive boende i Kiev, og det lykkedes ham og sønnen Valentin at flygte ud af landet, mens Nadja Stolniakova ikke ønskede at forlade sin familie og derfor ikke flygtede med sin mand og søn.

Senere viste det sig, at Aron Metzner var død i Schweiz, og at Anastasias mor Nadja også var død i Kiev under krigen. Broderen Valentin Stolniakof Metzner var emigreret til Amerika efter krigens slutning. Han havde åbenbart ændret sit navn efter ankomsten til Amerika, for det havde ikke været muligt at opspore ham.

Kærligheden mellem Anastasia og Andreas var ikke kølnet, som ferieforelskelser ellers plejede at gøre, men de var mere og mere opsatte på at blive gift, og Anastasias eneste store sorg i den forbindelse var, at hun ikke kunne have sine forældre og søskende hos sig, den dag hun blev gift med Andreas i den lille kirke på Lyngø.

***

Døren gik op og Karen Merete kom ud på trappestenen foran døren. Hun stod lidt og missede mod den nedgående sol, men da Sofie stod ud af bilen, slog hun hænderne op foran brystet, mens et udtryk af ren forbløffelse trak hen over hendes ansigt.

-Du milde skaber, udbrød hun. —Det er lige som at se Ana i hendes unge dage. Det samme røde hår, og lad mig se dine øjne, ja, ja, de samme grønne øjne.

-Goddag, Karen Merete. Sofie rakte hånden frem, og Karen Merete tog den mellem begge sine.

-Goddag, kære Sofie, sagde hun. —Og velkommen hjem til Lyngø.

-Tak skal du have. Jeg er bare ked af, at jeg ikke var med til begravelsen. I det hele taget er jeg ked af, at jeg ikke har besøgt grandtante Ana mere end jeg gjorde. Men det er vel sådan noget, der går op for én, når det er for sent at gøre noget ved det. Sofie rystede beklagende på hovedet og så på den ældre kvinde.

-Åh, tænkt du ikke mere på det, kære barn. Ana var en særling på sine gamle dage, og hun ville nok ikke have genkendt dig, hvis du var kommet på besøg. Begravelsen blev ordnet i stilhed, det kan jo være temmelig lige meget, hvem der var med og ikke. Hovedsagen er, at hun endelig fik lov til at give dig noget. Karen Merete sukkede.

Sofie så eftertænksomt på den gamle kvinde.

-Der er noget mærkeligt her et eller andet sted, noget jeg ikke forstår, sagde hun. Hvordan kan jeg ligne grandtante Ana, når jeg ikke biologisk er i familie med hende. Du er ikke den første, der siger det. Sten Øjvang sagde nøjagtig det samme til mig for et stykke tid siden.

-Sten Øjvang? sagde Karen Merete. Ja, hans forældre plejede at holde deres ferier her på øen for mange år siden. De plejede at komme på besøg, fordi Stens far havde boet i Rusland og kunne tale russisk med Ana. Det glædede hende meget.

-Og hvad mener du med, at hun endelig fik lov til at give mig noget? spurgte Sofie.

-Det er en længere historie, sagde Karen Merete. –Men kom nu indenfor, så får vi nok tid til at snakke om det hele.

6.

Karen Merete havde tilberedt en dejlig velkomstmiddag til Sofie, og duften af mad fra køkkenet forstærkede atmosfæren af hyggelig varme, der hvilede over hele huset. Der var dækket fint op i spisestuen med levende lys og blomster, og efter at Sofie havde frisket sig op på badeværelset og taget en anden bluse på, satte de to damer sig til bords.

-Jeg forstår, at du er blevet gift igen fornylig, sagde Karen Merete.

-Ja, sagde Sofie. –Jeg blev gift med Markus Viliander for tre måneder siden.

-Markus Viliander? Karen Merete tænkte sig om. –Det forekommer mig, at jeg har hørt det navn før.

-Det er meget muligt, sagde Sofie. –Det er faktisk højst tænkeligt, at du har set hans navn og et billede af ham i et af sladderbladene. Han er nemlig rig og har stor succes i forretningslivet, og så har han haft ord for at være en rigtig dameven for ikke så lang tid siden. Han er nemlig også en flot fyr, skal jeg sige dig. Sofie smilede, men smilet nåede ikke hendes øjne.

Karen Merete betragtede hende et øjeblik i tavshed. Så lagde hun kniv og gaffel fra sig og tørrede sig om munden med servietten.

-Du ser ikke ud til at være nogen lykkelig brud, hvis du vil undskylde en gammel kone hendes hang til at sige sin mening lige ud, sagde hun og så undskyldende på Sofie.

-Omstændighederne ved vores bryllup er lidt anderledes, end man sædvanligvis tænker på i forbindelse med et bryllup, sagde Sofie. Da hun kun fik et spørgende blik fra den gamle kvinde, følte hun sig nødsaget til at udsætte forklaringen til senere. —Det er en lidt trist og lang historie, som jeg nok skal fortælle dig senere. Men lad mig hjælpe dig med at rydde af.

-Kaffen og kagerne står på bordet i dagligstuen eller salonen, som Ana yndede at kalde den. Karen Merete lo. -Hun var lidt fin på det, men det var ikke så mærkeligt, når man kommer fra så rig og priviligeret en baggrund som hun gjorde.

***

-Du lovede at fortælle mig noget om grunden til, at folk mener at jeg ligner grandtante Ana, sagde Sofie, da de sad i hver deres lænestol og nippede til kaffen.

-Ja, sagde Karen Merete. —Egentlig er det mærkeligt, at du ikke forlængst har fået det at vide, men det hænger sikkert sammen med, at din far omkom på havet, og at du ikke havde nogen anden her på øen undtagen Ana. Hun rejste sig og gik hen til et smukt gammelt chatol, der stod henne ved et vindue. Lyset fra vinduet faldt ind på skrivepladen, der var slået ned, så man kunne se de små skuffer. Sofie kunne godt forestille sig, at grandtanten havde siddet der og skrevet breve på russisk til bekendte hjemme i Ukraine.

-For at sige det helt kort var din far Anas søn og eneste barn. Karen Merete nikkede hen for sig og så hen på Sofie.

-Nej, du tager fejl, Karen Merete. Min far var da ikke Anas og Andreas'søn. Min farfar hed jo Sofus, og det er ham jeg er opkaldt efter. Det husker jeg i hvert fald, at min far har fortalt mig, sagde Sofie.

-Kan du huske bedstefar Sofus og hans bror Andreas Havlund? Karen Merete så spørgende på Sofie.

-Nej, egentlig ikke, sagde Sofie.

-Vidste du, at de var tvillinger?

-Næh, det har jeg da aldrig hørt noget om. Sofie så undrende på den gamle kone. –Men har det noget med mig at gøre?

-Ja, på en måde, eller måske flere, men lad mig nu ikke forvirre det hele. Ser du, Andreas kunne ikke få børn. Ana fik en mistanke om det, da de havde været gift i flere år, og der ikke kom nogle børn. Hun opsøgte en specialist og blev undersøgt, men der var åbenbart ikke noget i vejen med hende, så hun formodede, at fejlen lå hos Andreas.

Derefter fortalte Karen Merete hende hele historien. Selv var hun kommet til som selskabsdame efter, at det var sket, men grandtante Ana havde med tiden fortalt hende det hele. Det var svært at forestille sig, at sådan et drama var foregået i hendes familie, men når Sofie nu tænkte over det, så havde hun og hendes familie en hang til dramatik, det kunne hun ikke sige andet.

Ana ville så gerne have børn. Hun havde bønfaldt Andreas om at gå til læge og blive undersøgt, men han var hverken til at hugge eller stikke i. Han mente åbenbart, at det ville være en falliterklæring for ham som mand, at han ikke kunne give sin kone et barn. Han ønskede ikke at få konstateret, om han kunne få børn eller ikke. Det var nemmere at foregive, at alt var i orden, selv om hans kone var ulykkelig over det.

Det endte med at hun med ægte russisk lidenskab og fandenivoldskhed forførte sin svoger Sofus efter en julefrokost i familiens skød. Det havde ikke været svært, for han var lettere beruset og dertil lidt af en dameven. Desuden havde han altid haft et godt øje til sin fyrige russiske svigerinde. Ana havde ikke taget hensyn til, at Sofus var gift. Hun kunne godt være temmelig arrogant, som den forkælede rige pige hun var, så hun gad ikke tage hensyn til en anden kvinde, der i hendes øjne ikke havde rygrad eller styrke af nogen slags, men kun satte sig med hænderne i skødet og klagede over både det ene og andet. Man var nødt til at gøre noget selv for at blive lykkelig. Gribe livet og drage sin egen lykke ud af det, mente hun.

Hun var kun sammen med Sofus den ene gang, men hendes plan lykkedes, for hun blev gravid og fødte Sofies far den 25. september året efter. Sofus havde ikke til hensigt at lade hende slippe så let, han var sikker på, at hun gik og længtes efter, at de kunne være sammen, så han tilbød at rejse væk med hende og blive skilt fra sin kone. Ana lo ham op i ansigtet og fortalte ham, at han havde tjent sit formål, og hendes eneste grund til at være sammen med ham havde været at få et barn, når det nu ikke ville lykkes med Andreas. Og når de nu var tvillinger, så kunne man ligeså godt holde det indenfor familien, havde hun sagt.

Da Sofus truede med at fortælle sin bror det hele, lo hun bare og troede ikke rigtig på, at han virkelig ville såre sin tvillingebror på den måde. Hun vidste dog, at Sofus ikke havde den samme gode karakter, som hendes Andreas, så hendes stolthed bød hende at gå til bekendelse overfor sin mand. Andreas blev så såret over hendes utroskab, at han forlod hende og rejste til Østen og blev væk i to år. Ana rejste hjem til noget familie i Kiev, hvor hun fødte sønnen og overgav ham til Sofus og hans kone i håb om, at Andreas ville komme tilbage. Hun fik overtalt Sofus' kone Julie til at komme på besøg, hvorefter hun bad hende rejse hjem til Lyngø med den lille og tage sig af ham. Selv ville hun tage ud til Andreas og forsøge at få ham overtalt til at komme hjem igen.

Den svage og hændervridende Julie, der heller ikke selv havde fået nogle børn, rejste hjem med den lille og præsenterede ham som sin søn, og ingen fik noget at vide om, at Sofus og Ana havde bragt ham til verden. Andreas ville helst slå en tyk streg over hele historien, så han ville ikke høre tale om, at barnet skulle bo hos dem. Hans betingelse for overhovedet at komme hjem var, at de aldrig mere talte om barnet eller den ulyksalige affære. Ana måtte således ofre sin søn for at få sin mand med hjem.

Karen Merete sad et øjeblik efter endt beretning og så ned på den konvolut, hun havde hentet fra en af de små skuffer i chatollet. Så lukkede hun den op og trak et par stykker papir ud.

-Her er afskriften af dåbsattesten fra de russiske myndigheder. Den er godt nok på russisk, men Ana har lagt en oversættelse ved, hvis du er interesseret i at læse, hvad der står.

-Så, Sofus var min farfar, men min farmor var ikke Julie, men Ana. Sofie tog mod kuverten og papirerne og studerede dem. –Men så var det jo ikke så mærkeligt, at der var en lighed mellem hende og mig, sagde hun.

-Nej, sagde Karen Merete. –Ikke så mærkeligt, og heller ikke så mærkeligt, at hun ville efterlade dig sit hus, eftersom din far jo er død.

-Men hvad med dig, Karen Merete? Jeg tænkte over, hvorfor hun ikke havde efterladt huset til dig. Du har jo boet sammen med hende i mange mange år?

Karen Merete lo. –Tænk du ikke på det. Ana sørgede for, at Jeg kunne købe en lille lejlighed inde på fastlandet, som jeg har tænkt mig at flytte ind i snart. Jeg er ikke så ung mere, og jeg orker ikke rigtig at tage mig af haven og hele huset her, så jeg glæder mig faktisk til at få lidt mere fritid.

***

Sofie gik med raske skridt ud mod pynten. Det blæste lidt, og hun følte den salte smag af havguset på sine læber. Det var ganske forfriskende med en gåtur ude i naturen, hvor lugten af hav og utæmmet vildskab i blæsten fik hende til at se med helt friske øjne på sin tilværelse og på sit liv hidtil.

Hendes mobiltelefon ringede, men hun havde ikke rigtig lyst til at snakke med nogen, så hun lod den ringe. Telefonsvareren ville nok optage en besked, hvis der var nogen, og ellers kunne de bare ringe igen senere.

Hvor var det mærkeligt, at livet ligesom gik i cirkler, tænkte Sofie. Der var åbenbart ikke noget nyt under solen, som det gamle ordsprog sagde. Hendes farmor havde ofret sit barn for at få sit livs kærlighed tilbage. Hun selv havde også tilfældigvis nogle omstændigheder med børn og ofre i sit liv. Mon skæbnen bestemte sig til at hægte visse omstændigheder på visse personer eller visse grupper af mennesker? Var det hele blot et spil af blinde tilfældigheder, eller var der mon en mening med det hele?

Hun satte sig på en fældet træstamme og så ud på havet. Den tiltagende blæst havde pisket bølgerne op i skum, og hun mærkede skumsprøjt blive blæst ind i ansigtet. Hun lukkede øjnene og forestillede sig, at de salte vindstød blæste igennem hende og rensede hende for al bekymring og nedtrykthed. Stormfulde hav, tænkte hun, og var ikke helt klar over, om det var titlen på en sang eller en historie, hun havde hørt. Der var nu ikke så stor forskel på et stormfuldt hav, som hun kunne se med sine egne øjne, og så på det stormfulde hav der herskede i hendes sind.

Hun blev revet ud af sine grublerier ved at mobiltelefonen ringede igen og igen. Til sidst tog hun den op og så, at det var Markus.

-Hej, Markus, sagde hun.

-Hej, selv! Markus lød lidt kort for hovedet. —Jeg har ringet og ringet, og der bliver ikke svaret, så jeg blev helt bekymret.

-Ha! udbrød Sofie. —Bekymret for mig, eller for noget andet, Markus?

-Ja, bekymret for dig. Men det ... ikke ...storm. Markus tonede ud og kom ind igen, som om forbindelsen var ved at blive brudt.

-Jeg kan ikke høre, hvad du siger, råbte Sofie. –Mit batteri er måske ved at være udbrændt. Jeg ringer til dig, når jeg kommer tilbage til huset. Jeg er på det stormfulde hav, ser du, så forbindelsen er sikkert ikke god heller. Hører du? Sofies telefon begyndte at bippe, og hun forstod, at forbindelsen var afbrudt.

Hun puttede telefonen i sin frakkelomme og begyndte at gå tilbage til huset. Tænk hvis det var så enkelt at afbryde forbindelsen med en person, man holdt af. At finde en knap et eller andet sted i hovedet, som man kunne trykke på for at slukke for følelserne. Beklager, batteriet et tomt, der er ikke mere strøm på mig, så jeg kan ikke føle noget. Sofie sukkede dybt og belavede sig på at ringe til sin mand, så snart hun kom ind ad døren.

***

-Jo, jeg er kommet frem i god behold. Der var slet ingen problemer, sagde Sofie ind i telefonen.

-Hvornår kommer du så tilbage til byen, spurgte Markus.

-Hvorfor det? Er der noget vigtigt arrangement, vi skal med til? Sofie prøvede at huske, om hun mon havde glemt en eller anden aftale.

-Nej, sagde Markus. –Det er ikke det, men at du sådan tager afsted uden at fortælle mig om det, det synes jeg er ret mærkeligt, omstændighederne taget i betragtning.

-Hvad behager? Sofie troede, hun havde hørt forkert. –Jamen, du er jo ikke det mindste interesseret i min gøren og laden, så længe jeg holder lav profil og ellers leverer varen. Så hvorfor denne utidige og pludselige omsorg? Jeg lagde en besked til dig om, at jeg havde nogle private ting at ordne på Lyngø. Min ... øh ...grandtante har efterladt mig sit hus, og jeg er taget ned for at se på det og rydde ud, inden jeg måske bestemmer mig til at sælge det. Hvor lang tid det tager, det ved jeg da ikke, et par dage vel, måske en uge. Betyder det noget?

-Ja, det gør det faktisk, sagde Markus. – Men du vil måske være venlig at sende mig en sms, når du ved, hvornår du kommer hjem.

-Ja, det skal jeg nok. Farvel, Markus, sagde Sofie og lagde røret meget stille og behersket ned på den gammeldags telefongaffel. Så sukkede hun dybt og smed sig i en lænestol. Nu troede hun lige, at hun kunne hvile hovedet lidt fra alle de tanker og følelser angående sit ægteskab. Hun burde måske have lyttet til Simon, da han havde sagt i kirken, at hun endnu kunne nå at ombestemme sig.

Men det var den forbistrede stolthed, der var kommet i vejen. Hun havde overbevist sig selv om, at hun sagtens kunne klare at spille den påkrævede rolle. Det burde ikke være så svært, når man nu vidste på forhånd, at det ikke ville vare så længe. Og hun ville ikke stå i gæld til Markus.

Markus holdt sig ikke til reglerne. Hvad skulle nu det til at køre hende ud på landet og vise hende det smukke hus, det ligefrem duftede af hjemmebag og familiehygge? Hvorfor vise hende noget, som ikke på nogen måde kunne blive en del af hendes tilværelse? En tilværelse som nogle år frem i tiden ville være totalt blottet for kærlighed og ømhed, og som ville sætte hende i en situation, der på mange måder lignede hendes russiske farmors.

Nej, nej – hun ville ikke tænke på det nu! Nu måtte hun se at komme i gang med at rydde ud i husets værelser. Det plejede at hjælpe, hvis hun kunne kaste sig over noget arbejde, så det ville hun gøre lige her og nu.

7.

-Det var ikke fordi jeg lyttede, sagde Karen Merete, men jeg kunne ikke undgå at høre, at du var mere end lidt irriteret, mens du snakkede i telefon med din mand.

-Njah, somme tider ... begyndte Sofie, men tav så igen, mens hun kiggede ned i roserne på køkkenbordets voksdug. –Somme tider forstår jeg ikke mig selv.

-Det lyder da lidt mystisk, sagde Karen Merete.

-Mystisk, sukkede Sofie. –Pludselig er der noget, der går op for mig. Hvis Ana virkelig er min bedstemor, så er det nok meget muligt, at jeg har arvet lidt af hendes dramatiske sans for nu at kalde det det.

-Ana var en sand drama queen, som de kalder det nu til dags, sagde Karen Merete. – Hun kunne vride en stor græsk tragedie ud af en edderkops stille vandring i en mørk krog. Hun var ikke nem at bo sammen med, men samtidig var der aldrig et kedeligt øjeblik. Hun lo lidt og rystede på hovedet, som om hun huskede nogle af de omtalte hændelser.

-Man snakker ofte om, at russerne har en hang til skæbnetro og en uafvendelig trang til at kaste sig i skæbnens arme og lade den overtage deres liv. Var det sådan med Ana? spurgte Sofie.

-Store følelser, af glæde, af sorg, af skyld og skam. Hver eneste følelse blev forstørret tusindfold og smækket op på væggen til beskuelse for enhver, der gad høre og se. Intet var for privat eller for helligt. Det var ganske enkelt rædselsfuldt og fantastisk på en gang, lige til man havde lært sig at forstå, at det ikke var den katastrofe, det skulle foregive at være, og at det gik over igen ret hurtigt.

-Tror du, sådan noget kan ligge i generne, at det kan nedarves f.eks. til mig? spurgte Sofie stille.

-Det skulle ikke undre mig, sagde Karen Merete. –Hvorfor? Er det noget du selv oplever nogle gange? Er dit liv fyldt med tragiske hændelser? Jeg ved jo, eller rettere jeg gætter mig til, at du ikke er lykkelig i dit ægteskab. Jeg ved også, at du har været gift før, og at det ikke var så særlig lykkeligt et ægteskab heller.

-Jeg har vel aldrig turdet set det i øjnene, sagde Sofie, men der er noget der tyder på, at jeg er kommet dertil, hvor jeg bliver nødt til at sætte ord på, hvad der egentlig sker med mig og mit liv.

-En gammel kone som mig er altid lutter øren, sagde Karen Merete smilende. –Men lad os gå ind i stuen, der sidder vi bedre.

-Der skulle vel ikke være et glas hvidvin i huset, spurgte Sofie. –Sommetider trænger man til lidt at styrke sig på.

***

De sad i de gammeldags bløde og komfortable lænestole med hver sit glas hvidvin på et lille rundt marmorbord, der stod ved siden af stolen. Sofie vidste ikke helt, hvor hun skulle begynde sin fortælling. Den første store tragedie i hendes liv var nok, da hendes forældre døde.

Hun var rejst ind til byen for at gå på gymnasiet. Nogle år efter havde hendes forældre vel tænkt, at der ikke var meget, der holdt dem tilbage på øen, og at Sofie nok ikke ville få lyst til at bosætte sig der. Derfor havde de solgt huset og købt en sejlbåd for at realisere en gammel drøm om at se verden. Så mens Sofie boede hos sin moster Ellen, der iøvrigt viste sig at være en sur kælling, og passede sin skolegang, så tog hendes forældre på eventyr ud på de syv have. Eventyret varede et par år, og så var det slut, da de forsvandt fra jordens overflade, og man formodede, at de var gået til i en storm et eller andet sted i det indiske ocean.

Det havde ikke været let for Sofie, men på en eller anden måde havde hun allerede mistet sine forældre, da de var sejlet ud på havet. Deres død forekom hende så uvirkelig, for livet gik bare videre, og hun blev boende hos sin moster, der åbenbart havde fået betaling for hendes kost og logi på forhånd. På et tidspunkt da hun var næsten færdig med gymnasiet, blev opholdet hos mosteren lidt for broget, og hun fandt sig et værelse på et kollegium ude i byen. Det var en lettelse at slippe for mosterens sure fjæs, selv om det måske var lidt skræmmende i begyndelsen at stå helt alene i verden.

Hun kom naturligvis en del sammen med sine skolekammerater, og hendes første kærlighed var den livlige og smukke Markus, der dog ikke havde mere end periferisk interesse for hende, og bare var med i den samme gruppe som hun for sjov. Han startede på jurastudiet kort efter, at de havde mødt hinanden, og da hun gik i gymnasiet på det tidspunkt, havde de ikke rigtig noget at være sammen om.

Sofie havde en del hjertesorg over den manglende interesse fra Markus, men hun begravede sig i skole og arbejde for at tjene til kost og logi og lommepenge. Et stykke tid efter mødte hun Holger til en fest hos en af kammeraterne. Han var endog meget interesseret i Sofie, og det var et slags plaster på hendes sårede følelser.

Holger var meget charmerende. Han havde de smukkeste blonde krøller og et smil, der kunne få alle kvindehjerter til at smelte. Der var ikke den ting, han ikke ville gøre for hende, og det varede ikke længe, før hun var faldet helt og aldeles for ham. Hun havde i et stykke tid eksperimenteret lidt med at finde en identitet, hun selv syntes passede bedre til hende end billedet på den uskyldige pige fra landet. Hun havde længe været ked af sit røde hår, som drengene havde yndet at drille hende med derhjemme i skolen, og hun havde derfor fået det farvet mørkere og mørkere for hver gang, hun havde været hos frisøren. På det tidspunkt da hun mødte Holger, var hendes hår helt sort, og hendes hud gylden af at ligge i solariet. Hendes former var runde og yppige, og Holger var helt væk i hende og syntes, at hun var meget sexet.

Sofie havde stiftet bekendtskab med erotik, før hun mødte Holger. Bagefter når hun tænkte på det kunne hun godt forstå, at hendes søgen efter en anden indentitet havde ført hende ud i visse eksperimenter med sin seksualitet. Hvordan kunne hun forvente, at en verdensmand som Markus kunne være tiltrukket af hende, et lille guds ord fra landet, der med hele sit væsen udstrålede uskyld og uvidenhed om de ting, der foregik mellem en kvinde og en mand? Det var måske derfor, hun havde begivet sig ud i et forhold til den ældre kollega på postterminalen, der havde lært hende et og andet om hendes krop og hans.

De havde haft det så dejligt sammen, Holger og hun, og de var meget lykkelige. Da de blev gift, flyttede Sofie ind i Holgers hus. Det var et meget smukt hus, og Sofie skænkede det ikke en tanke, at det måtte have kostet en masse penge. Holger var forretningsmand, og han var med i aktiehandler i banken, og det forekom hende naturligt, at han vidste nok om penge og værdier til at være i besiddelse af rigelige mængder af dem. Sofie fik ikke lov til at arbejde med sin nylig erhvervede eksamen fra handelshøjskolen, men hun strittede ikke imod, fordi hun var travlt optaget af at leve livet sammen med Holger.

Holger overlæssede hende med gaver, med designertøj og smykker. Kun på et punkt var de dybt uenige. Holger ville ikke have børn. Sofie kunne ikke tro på, at han mente det alvorligt, så hun tænkte, at han nok ville ændre mening med tiden. En gang havde de glemt præventionen, og hun var blevet gravid, men han tvang hende til at få foretaget en abort. Det var så rædselsfuldt for hende, at hun efter dette ikke mere glemte at tage sine piller, men samtidig fik hun en depression, som hun havde meget besvær med at komme ud af igen.

Det var en svær tid for deres ægteskab. Det kom også frem, at Holger havde andre damer.

Han bedyrede dog, at han var helt uden skyld i det. Hun prøvede at skubbe det fra sig, troede på ham når han sagde, at det var svært for ham at være sammen med hende, når hun altid var så nedtrykt og ked af det. Så fandt han sig pludselig i en situation, hvor han ikke kunne sige nej til at få lidt glæde og morskab ud af sit liv. Det var faltisk hendes skyld, at han var utro. Hvis hun bare havde været et gladere menneske, så ville det være nemmere at være sammen med hende, og så ville han ikke få den trang til at gå ud og opsøge andre.

Og pludselig var der sket en hel masse. Det var som om en skypumpe havde hærget hendes liv og hendes ægteskab. Holger havde været skyld i en bilulykke, hvor Markus' kæreste Marie var blevet dræbt. Da politiet var kommet for at hente Holger, havde de fortalt hende, at Holger havde været indblandet i alle mulige lyssky forretninger. Hun havde følt sig meget dum, men hun havde vitterlig ikke haft nogen anelse om det, der foregik. Hun var blevet så chokeret, at hun refleksmæssigt havde grebet sin taske og var gået ud i natten uden overtøj. Hun vidste ikke, hvor eller hvor længe hun havde vandret rundt og ikke sanset andet end sine kaotiske tanker. Hun vågnede op på hospitalet, hvor hun var blevet bragt ind stærkt forkommen. Holger var flygtet langt væk og havde tømt deres konti og solgt deres hus, så hun stod fuldstændig på bar bund, da hun blev udskrevet fra hospitalet.

***

På dette tidspunkt i Sofies beretning ringede det på døren. Karen Merete gik ud for at lukke op, og Sofie hørte livlig snak ude fra entreen. Lidt efter hørte hun yderdøren blive lukket, og så stak Karen Merete hovedet ind ad døren til dagligstuen igen og spurgte, om Sofie ville have en kop kaffe.

-Det var den unge mand fra købmanden, der kom med mine varer. Jeg plejer at bestille varer en gang om ugen, og så bliver de bragt ud. Det er meget behageligt at handle på den måde, når man er gammel og ikke så rask til bens, som da man var ung, sagde Karen Merete, da hun kom ind igen med en bakke med kaffekande, fløde og sukker samt kopper på et lille bord og satte sig ned med et suk.

-Snak, du virker bestemt ikke så gammel, som du gerne vil have andre til at tro, sagde Sofie. Og det der med at være rask til bens, så har jeg ikke set dig foretage et eneste vaklende skridt, siden jeg kom hertil i går. Sofie rejste sig og skænkede kaffe i kopperne. Så rakte hun Karen Merete en kop og tog selv en og satte sig i lænestolen igen.

-Han sagde ellers, at der ville komme en visesanger til Arken og optræde i aften, sagde Karen Merete. –Det er måske noget for dig?

-Arken? Sofie så spørgende på Karen Merete.

-Ja, kroen du ved. Karen Merete så på Sofie, der stadig så uforstående ud. –Nå, selvfølgelig, det kan du jo ikke vide, vel? Det var vel efter at du var rejst herfra. En eller anden købte et gammelt hus nede ved mølledammen, og da han overtog det, var det fuldt af alle mulige slags dyr. Desuden var mølledammen gået over sine bredder og havde oversvømmet noget af kælderen, så et eller andet vittigt hoved gav det navnet Arken. Navnet blev hængende, da den nuværende ejer fik det indrettet til pub eller bar eller sådan noget. Det skal være noget så hyggeligt, har jeg hørt.

-Nå, sagde Sofie. –Jeg kunne vel godt trænge til at gå en tur her til aften. Så måske jeg kigger ind på pubben på vejen.

-Ja, gør du det, sagde Karen Merete. –Du kunne sikkert godt trænge til at blive underholdt lidt for at få tankerne væk fra alle fortrædelighederne her i livet. Jeg går snart op og lægger mig, så hvis du bare lukker og slukker, når du kommer hjem, så ses vi i morgen tidlig.

***

Sofie havde ikke noget besvær med at finde frem til Arken. De kulørte lamper rundt om indgangen glimtede i de blyindfattede ruder og den smukke gamle dør, og musikken kunne høres ud på pladsen foran huset. Det virkede som om huset vinkede hende indenfor, og da hun trådte ind i den hyggelige lidt dæmpede belysning, følte hun sig lullet ind i en dejlig afslappet atmosfære.

Hun gik hen til den skinnende bar og bad den unge pige bag disken om et glas hvidvin. Det blev serveret med et smil og et udslag med hånden mod et ledigt bord henne langs væggen. Sofie gik hen og satte sig på den læderbetrukne bænk bag ved det anviste bord, hvorefter hun gav sig til at betragte lokalet og gæsterne. Hun mente, hun kunne genkende nogle af ansigterne, men hun forsøgte ikke at komme i snak med nogen. Hun sad bare og drak sin hvidvin og nød musikken.

Pludselig stod en skikkelse foran hendes bord. Hun så op, og det varede et øjeblik, før hun genkendte manden, der stod og smilede til hende.

-Nej, tænk at se dig her af alle steder, sagde Sten Øjvang. –Det havde jeg godt nok ikke ventet, da jeg kom her til øen for et par dage siden. Han satte sig ved bordet overfor hende.

-Jeg har ikke fået takket dig for brevet med alle de smukke sladderhistorier om Markus, sagde Sofie. –Jeg har haft lidt travlt, forstår du, så jeg er bare ikke kommet dertil endnu.

-Nå, tænk ikke på det, sagde Sten. –Jeg syntes blot, jeg ville advare dig.

-Du ville advare mig? Mod hvem? Mod Markus? spurgte Sofie.

-Nej, det burde ikke være nødvendigt at advare dig mod din egen mand. Nej, jeg ville advare dig imod pressen. Sladderpressen. Jeg formoder ikke, du har oplevet at være deres offer endnu. Sten gjorde tegn til pigen bag baren, og hun kom straks hen med et glas øl til ham og et glas hvidvin til Sofie.

-Det var da venligt af dig at tænke på mig, sagde Sofie.

-Nå, jeg tænkte, når vi begge kommer fra den samme ø, så ... Sten smilede, men Sofie anede en lille sitren under hans ene øje, og der gik en hurtig og næsten usynlig trækning hen over hans ansigt. Han var ude på et eller andet, det ville hun vædde næsten hvad som helst på, tænkte hun, men hendes ansigt udtrykte ikke andet end et lidt spørgende smil.

-Jeg er kommet hjem til øen sammen med min ven deroppe på scenen, sagde Sten og slog ud med hånden mod visesangeren. —Jeg er hans agent og sørger for at han får nogle jobs nu og da. Han trængte til at komme lidt væk fra storbyens larm efter lidt småproblemer med loven. Men ellers er han en ret god sanger, det må jeg indrømme. Sten trommede lidt utålmodigt med fingrene på bordpladen.

-Nå, sagde Sofie, jeg skal vist til at tænke på at gå hjem. Jeg får travlt i morgen, så jeg må nok heller gå i seng i ordentlig tid.

-Åh, ja. Det var din bedstemor, nej, din grandtante, Anastasia, der døde her for nylig. Jeg kondolerer. Det er sikkert i den forbindelse, du er kommet tilbage. Sten tog hendes frakke og holdt den op for hende, så hun kunne tage den på.

-Ja, nemlig. Tak skal du have, sagde Sofie, da hun havde fået frakken på. –Det var hyggeligt at hilse på dig igen.

-Jeg følger dig hjem, sagde Sten.

-Det er da ikke nødvendigt, sagde Sofie.

-Måske ikke, sagde Sten. –Men det vil jeg gerne. Jeg insisterer faktisk. Jeg formoder, at Markus ikke er med dig herude på øen, eftersom du sidder mutters alene ved et bord i Arken.

-Markus er optaget af sine forretninger, så han havde ikke tid til at komme med. Det er muligt, han kommer en tur ud på øen i morgen, løj Sofie. –Han vil gerne se min fødeø, men vi har bare ikke haft tid til at rejse hertil.

De var kommet frem til huset, og Sofie vendte sig mod Sten, rakte ham hånden og takkede ham pænt for at have fulgt hende hjem. Hun kunne ikke lide, at han gik så tæt på hende og holdt hende om livet. Hun syntes, han tog sig lidt for mange friheder, da han tog hendes hånd og kyssede hende på håndleddet, hvorefter han trak hende ind til sig og kyssede hende på kinden. Sofie rykkede sig fri og skyndte sig ind gennem døren, som hun hurtigt lukkede og låste efter sig, mens en gysen rislede ned ad hendes rygsøjle. Det føltes, som fik hun en advarsel mod at have noget som helst med Sten Øjvang at gøre.

***

8.

De havde brugt hele dagen til at gennemgå alle skuffer og skabe, og Sofie var meget tilfreds med, at de var kommet så langt med rydde ud i huset. Hun havde aftalt et møde med ejendomsmægleren dagen efter, og hun ønskede, at alt skulle være skinnende rent, inden han kom for at se på huset.

Karen Merete så på det hele med blandede følelser. Hun havde boet i huset og set på alle tingene i så mange år, at hun ikke kunne undgå at føle en vis beklemthed over at skulle skille sig af med de fleste af dem. Hun kunne vælge de ting, hun skulle bruge i sin nye lejlighed inde på fastlandet, men resten skulle sendes til genbrugscentralen eller til Røde Kors.

Karen Merete var lidt tavs midt på eftermiddagen, da de tog sig en pause til at få en bid brød. Sofie var bange for, at hun havde overanstrengt sig, men Karen Merete ville ikke høre tale om at gå hen og lægge sig. Hun ville hellere høre mere om Sofies historie.

-Hvordan klarede du dig så, da du kom ud fra hospitalet, og ikke havde noget sted at gå hen? spurgte hun.

Sofies fik et hengivent udtryk i øjnene, da hun fortalte om sine gode venner Simon og Anna, som hun sagde havde reddet hendes liv. De havde taget hende til sig og hjulpet hende på fode, og hun havde siden betragtet dem som en slags reserveforældre. De havde tilbudt hende arbejde, da hun var længst nede, og de havde tilbudt hende en seng at sove i, da de fandt ud af, at hun ikke havde noget sted at være. Sengen stod godt nok i caféens bagværelse, men for Sofie var det næsten som i himlen i sammenligning med de par dage, hun havde tilbragt på et herberg for hjemløse, efter at hun var blevet udskrevet fra hospitalet.

Hun havde i begyndelsen arbejdet som servitrice i Simon og Annas café. Hun havde ikke mange kræfter og var ofte nødt til at hvile, men lidt efter lidt fandt hun styrke i at have noget at tage sig til, så hun ikke havde tid til at tænke så meget på sin onde skæbne.

Hun lærte snart caféens stamgæster at kende. Der kom mest håndværkere og folk fra arbejderklassen, hvis man ellers kunne snakke om klasser i Danmark. Den hyggelige, men slidte og skrammede café tiltrak ikke kunder fra de højere luftlag, og stamgæsterne havde dannet deres eget fællesskab. De var næsten som en stor familie. De kendte hinanden på godt og ondt, og de var ikke bange for at række en hjælpende hånd, hvor det var tiltrængt. Mange af dem havde på et eller andet tidspunkt været i nogenlunde den samme situation, som Sofie også havde oplevet. Og de glemte ikke Simons gode mad og Annas kærlige omsorg, når de kom ovenpå igen.

En dag havde Anna fortalt Sofie om en tømrer, der var kommet slemt i klemme på grund af nogle fejl i hans regnskaber. Skattevæsenet havde været efter ham, fordi han ikke havde udfyldt de rigtige papirer, og de anklagede ham for at arbejde sort. Sofie lovede at se på hans regnskaber, eftersom hun havde en uddannelse indenfor regnskabsvæsen, og kendte en hel del til skattelovgivningen.

Det var den spæde begyndelse til en helt ny tilværelse. Det varede ikke længe, før hun havde en hel række af håndværkere, hvis regnskaber hun ordnede. Hun havde ikke mere tid til at servere, og caféens bagværelse blev udstyret med et skrivebord og alle de ting, der var nødvendige for at kunne føre regnskaber.

Anna tilbød Sofie at bo hjemme hos dem i deres hus, så kunne hun bruge bagværelset til kontor, og hvis hun så også ordnede caféens regnskaber, så kunne det gå lige op mod kost og logi. Det blev Sofies nye liv i nogle måneder, og hun var glad for at kunne sige, at nu var hun rigtigt ved at komme på fode igen.

Sofie havde længe ventet at få tilsendt skilsmissepapirer fra Holger, men han havde åbenbart ikke travlt, så hun gik bare ud fra, at han ikke tænkte på at gifte sig igen. Hun vidste ikke, hvor han var henne, og politiet havde kun oplyst hende om, at Holger formentlig var flygtet til et sted i Østen eller lignende. Nogle måneder efter, at Sofie havde fået etableret sig som regnskabsfører og skatteekspert, fik hun gennem politiet at vide, at Holger var død. Han var ifølge Interpol blevet fundet myrdet et sted derude. De ville snarest muligt sende hende papirer, der bekræftede, at Sofie var enke.

Et par måneder efter kom der et brev til Sofie. Der var ingen afsender på eller i brevet. Det indeholdt papirer, der erklærede, at hun var den stolte ejer af en lejlighed i byen. Hun gættede, det måtte være en slags arv efter Holger, måske sendt til hende gennem nogle af hans forbrydervenner, men hun fik aldrig opklaret, hvem der havde sendt det. Det var lidt svært at tro på, at en ejerlejlighed sådan kunne dumpe ned i hendes skød, særlig efter at Holger så kynisk og hjerteløst havde tømt alle deres konti og solgt huset hen over hovedet på hende uden tanke for, hvordan hun så ellers skulle klare sig.

Hun henvendte sig til en sagfører, hun var kommet til at kende gennem sit arbejde for Simon. Han forsikrede hende om, at papirerne var i orden, og at hendes ejerskab af lejligheden var blevet tinglyst. Hun accepterede tanken om, at Holger havde fortrudt sine handlinger og havde sørget for, at hun fik et sted at bo til gengæld for det hjem, hun havde mistet på grund af ham.

Da hun havde vænnet sig til tanken om, at hun nu ejede sin egen bolig, begyndte hun at komme i lejligheden. Nøglerne havde været deponeret hos varmemesteren, så hun kunne bare hente dem. Det glædede hende, at lejligheden lå i tryg nærhed af Simon og Annas hus, og i gå-afstand fra deres café. Lidt efter lidt fik hun samlet sig sammen til at flytte fra det lille værelse hos Simon og Anna og fik bygget sig en ny tilværelse.

Et lille stykke tid efter, at hun var flyttet ind i lejligheden, blev hun indkaldt til et møde hos en sagfører. Han havde sagt, at der var nogle papirer angående Holgers død, som skulle underskrives og fås på plads.

Da papirerne var underskrevet, tog sagføreren dem og bad Sofie vente et øjeblik, mens han gik ud i forkontoret til sin sekretær med dem. Mens han var væk, trådte Markus ind ad døren. Sofie blev meget overrasket. Det viste sig, at sagføreren arbejdede sammen med Markus i hans fars sagførervirksomhed. Og Markus havde noget på hjerte, noget han ville tale med hende om. Han havde et forslag at stille hende eller nærmere et krav til hende. Han ønskede at tale med hende over en middag samme aften, og Sofie indvilligede i at møde ham på en af de bedre restauranter samme aften.

Under middagen havde de snakket om løst og fast fra dengang de var unge. Ved kaffen fortalte Markus Sofie om sin forlovede, der var blevet dræbt bare et par uger inden de skulle giftes. Sofie vidste ikke rigtig, hvad hensigten var med at fortælle hende det, for han måtte da vide, at hun vidste det i forvejen, eftersom det var hendes daværende mand, Holger, der havde været skyld i ulykken.

Marie havde været gravid, da hun blev dræbt. Markus havde derfor mistet både sin forlovede og det barn, som de begge havde glædet sig så meget til. Han havde ikke noget håb om at finde lykken igen, men han mente, at han havde krav på at få sit barn, og han syntes, at Sofie skulle lægge krop til og give ham det barn han ønskede. Han havde fået at vide fra en ven i politiet, at Holger var død, så hun var enke og fri til at gifte sig igen. De kunne blive gift, og efter at have født hans barn kunne hun blive skilt fra ham igen.

Sofie troede, han var blevet vanvittig af sorg. Sådan nogen gjorde man bare ikke i dagens Danmark. Men han lød meget overbevisende og nøgtern. Egentlig havde han kun bedt om allerhøjst et par år af hendes liv.

Sofie havde tænkt, at det var en syg tanke at erstatte kone og barn med en, som man kun havde haft en flygtig interesse for i deres studenterdage. Men hun fandt det alligevel relevant på en eller anden måde. Hun havde tænkt, at det var hendes straf, fordi hun havde fået foretaget en abort. Nu skulle hun betale for det ved at føde et barn og miste det. Barnet ville bo hos sin far, og hun ville ikke få lov til at være en del af dets tilværelse. Hun ville blive udelukket fra samværet med mand og barn, så snart barnet kunne undvære hende. Hun tænkte, at Markus ønskede at give det udseende af, at det var hende der bestemte, om hun ville skilles fra ham bagefter. Men hun tvivlede ikke på, at det var ham, der ønskede at se hende forsvinde, så snart det kunne lade sig gøre efter fødslen.

Sofie havde tænkt, at følelsesmæssigt var hun ligeså forladt og havde mistet ligeså meget som Markus, så det var vel skæbnebestemt, at de skulle finde sammen om en sådan plan. De havde haft noget til fælles, og derfor havde hun indvilliget i at gifte sig med Markus. Det skyldte hun ham under de foreliggende omstændigheder, syntes hun.

Markus ønskede dog ikke, at nogen skulle finde ud af, at deres ægteskab var andet end et ganske normalt ægteskab indgået mellem to mennesker, der var forelsket i hinanden. Så de måtte lade som om de var dybt forelsket i hinanden, når de var sammen med andre mennesker.

***

Sofie satte gulvspanden og skrubben tilbage ud i bryggerset efter endt rengøring. Hun glædede sig over, at hun endelig var blevet færdig, og at hun nu kunne tillade sig at slappe af resten af aftenen. Telefonen ringede, og hun hørte, at Karen Merete tog den ude i gangen.

-Åh, er det dig Sten? Ja, Sofie fortalte, at hun havde mødt dig på Arken i aftes, og at du havde fulgt hende hjem. Det er da ellers et stykke tid siden, jeg så dig sidst. Hvad siger du? Jo tak, jeg har det fint. Nu skal jeg snart flytte ind i en ny lejlighed inde på fastlandet, og det glæder jeg mig til. Hvad siger du? Åh, Sofie? Ja, nu skal jeg kalde på hende.

Sofie havde slet ikke lyst til at snakke med Sten. Der var et eller andet der sagde hende, at hun ikke kunne stole på ham. Desuden havde han været temmelig nærgående, og hun troede ikke på, at det kun var venskabeligt han havde omfavnet hende aftenen i forvejen. Hendes intuition fortalte hende, at han ikke havde rent mel i posen, og at han var ude på noget, som hun ikke ønskede hverken at opleve eller at vide noget om.

Hun gik ud i gangen og tog røret, da Karen Merete kaldte på hende. Hun havde ikke rigtig lyst til at nævne noget for Karen Merete om sine uvilje mod Sten, sålænge hun ikke rigtig kunne bevise noget.

-Åh, hej Sten, sagde hun. –Ja, tak i lige måde. Det var da hyggeligt at se dig igen i aftes.

-Har du lyst til at tage en drink sammen med mig på Arken i aften? spurgte han. –Min sanger skal optræde der igen i aften, og han er værd at høre på, selv om han mellem os sagt er dum i nakken.

-Nej, ikke rigtig, sagde Sofie. Vi har haft travlt i dag, og vi er lige blevet færdige, så jeg er godt og grundigt træt. Jeg havde tænkt mig at hvile mig og gå tidligt i seng i aften.

-Ja, det er vel ikke, fordi din mand er kommet til øen. Jeg var tilfældigvis nede på havnen, da den sidste færge kom, og da var han ikke med. Men han er måske kommet tidligere? Stens stemme lød en smule spottende.

-Nej, desværre. Han blev opholdt af et vigtigt møde i byen, så han nåede ikke færgen. Men han kommer nok i morgen, når jeg skal snakke med ejendomsmægleren. Han er jo så god til forhandlinger og sådan noget, og det er så betryggende at have sådan en kapacitet som ham ved min side. Sofie lo og lod sin stemme give udtryk for næsegrus beundring for Markus.

-Ja, Markus og hans møder, sagde Sten. – Det kunne der sikkert skrives mange interessante artikler om.

-Hvad mener du med det? spurgte Sofie ligeud.

-Nå, han har altid så travlt med at tjene penge, selv om han ved gud ikke behøver flere. Han vælter jo i dem. Sten forsøgte at lyde som om han kun sagde det for sjov, men Sofie syntes, hun kunne ane misundelsen bag hans ord.

-Er der noget galt i at tjene penge? Det er da rart at have penge, sagde Sofie let. —Jeg vil til enhver tid foretrække at være rig hellere end at være fattig.

-Nej, sagde Sten. —Der er ikke noget galt i det. Men sommetider kommer nogle mennesker ligesom lettere til midlerne end andre.

-Antyder du, at Markus foretager sig noget, der ikke er helt fint i kanten? Sofie kunne høre, at hendes stemme skruede sig op i et højere leje.

-Det er der nogen, der siger, svarede Sten.

-Det får du mig ikke til at tro på, sagde Sofie. —Markus er et af de ærligste mennesker, jeg kender. Han er ikke bange for at sige sandheden lige ud, og det har han aldrig været.

-Kom ned på Arken og få en drink med mig, så skal jeg fortælle dig et og andet om din kære mand, sagde Sten. -Du må ikke glemme, at vi har tilhørt den samme omgangskreds i mange år, før du kom ind i billedet. Det kan være, jeg kan fortælle dig et og andet om ham, som du ikke ved i forvejen.

-Det tvivler jeg på, sagde Sofie. –Men vi får se, om jeg får taget mig sammen til at gå en tur i aften. I så fald kan det godt være, at jeg kommer forbi Arken. Tak fordi du ringede, Sten. Farvel. Sofie lagde røret på og så, at Karen Merete stod i døren til køkkenet og betragtede hende.

-Han har altid været en skidt knægt, sagde hun.

-Ja, sagde Sofie. –Det tvivler jeg ikke på. Jeg ved bare ikke, hvad han har imod Markus, og jeg kunne godt tænke mig at få at vide, hvorfor han er ude på at sværte ham i mine øjne.

-Åh, sagde Karen Merete. –Med sådanne mennesker behøver det ikke at være andet end misundelse. Eller som en eller anden klog person sagde engang, middelmådighedens angst for geniet. Men pas på! Han kan sikkert være farlig at omgås.

-Jeg er en stor pige og har lært at passe på mig selv, sagde Sofie.

-Ja, lad os håbe det, mumlede Karen Merete.

***

Der var vindstille, og månen gav husene og træerne et sølvagtigt skær, da Sofie senere på aftenen var på vej ned mod Arken. Musikken lød lige så festlig som aftenen i forvejen, og de kulørte lamper gav det hele et lystigt skær.

Hendes nysgerrighed havde vundet over hendes modvilje mod at være i Stens selskab. Hvad vidste han om Markus, som hun ikke selv vidste? Og hvorfor havde han sådan et ønske om at sværte ham til i hendes øjne?

Sofie bad om et glas juice og gik hen og satte sig ved et ledigt bord henne ved væggen. Sangeren stod henne på den lille scene og stemte guitaren, men hun kunne ikke se noget til Sten. På en måde var det en lettelse, at han ikke var der, for hun havde været i tvivl, om hun overhovedet ville tale med Sten igen. Hun følte også, at det var illoyalt mod Markus overhovedet at ville høre på de giftigheder, Sten åbenbart havde at fortælle om hendes mand. Lettelsen varede ved, lige til hun en time senere var på vej hjem, uden at have set Sten.

Da hun nærmede sig huset, var der pludselig en, der tog i hendes arm bagfra. Hun havde gået i sine egne tanker, så hun havde slet ikke lagt mærke til, at Sten var kommet ud fra en smøge og havde fulgt efter hende et stykke tid.

-Nå, fruen er på aftentur? lød det spottende fra Sten.

-Giv slip på min arm, sagde Sofie. –Det gør ondt! Hun prøvede på at rykke sig fri, men Sten tog bedre fat i begge hendes arme og vred dem om på ryggen, så hun ikke kunne foretage sig noget.

-Vi skal ud og køre en lille tur på pynten, sagde Sten. –Jeg kom i tanker om, at du nok ikke var interesseret i, at andre også skulle høre, hvad jeg havde at fortælle om din mand. Han holdt døren åben til en bil og tvang hende til at sætte sig ind på forsædet. Han lagde åbenbart ikke mærke til, at hendes ene sko var faldet af og ind under bilen. Han tog en rulle tape fra handskerummet og viklede det om hendes håndled. Så gik han om til førersædet og satte sig ind.

-Hvorfor synes du, det er nødvendigt at binde mig? spurgte Sofie.

-Jeg formoder, at du ikke er så opsat på at tage ud at køre med mig, så jeg var nødt til at overtale dig om jeg så må sige. Sten lo lidt hen for sig over sin vittighed.

-Hvad er det, der er så vigtigt at jeg får at vide om Markus? spurgte hun.

-Vent lidt. Se, der står bænken, og lige nedenfor den ligger der en stor klippe, som jeg plejede at kalde tronstolen, fordi den lignede en trone, og jeg plejede at lege, at jeg var kejser over hele verden, når jeg sad i den stol. Der skal du få lov til at sidde og trone, mens jeg fortæller dig om Markus. Sten lo skingert over sin vittighed og standsede bilen. Så hev han hende ud af bilen og halvvejs bar hende ned ad skrænten under bænken og anbragte hende på den omtalte klippe.

-Din mand, sagde Sten og greb fat i hendes hår og trak hendes hoved bagover. –Din forbandede mand har ødelagt min søster. Han stak ansigtet helt ned til hendes og hviskede i hendes øre. –Og derfor vil jeg ødelægge hans smukke nye kone.

9.

Det var en meget mørk morgen på Lyngø. Skyerne hang langt nede, og det var næsten umuligt for dagslyset at trænge igennem. Sofie vidste ikke, hvor længe hun havde ligget nede på skrænten. Hun havde svævet ind og ud af bevidstløsheden og havde lidt svært ved at finde ud af, hvornår hun drømte, og hvornår hun var vågen.

Sommetider trængte en vanvittig latter ind gennem tågerne i hendes hjerne, og hun vidste ikke helt, om det var erindringen om Stens latter, der nu gav genlyd i hendes hoved, eller om Sten virkelig stod et eller andet sted og betragtede hende, mens han lo ad hendes trængsler.

Hun frøs helt forfærdeligt, og tanken om at dø af kulde lå ikke så langt væk, når hun ellers kunne tænke. Et eller andet sted vidste hun, at hun var bundet på hænder og fødder. Hun havde prøvet på at kæmpe imod, prøvet på at finde en skarp kant, som hun kunne save tapen over med, men der var intet andet end rullesten, sand og græstørv lige der, hvor hun lå. Klippen som hun lå slængt op imod var tilpas afrundet, så den kunne heller ikke bruges.

Hun havde prøvet på at snakke Sten tilrette, mens hun sad på troneklippen, men han var hverken til at hugge eller stikke i. Få ham til at snakke, havde hun tænkt, spørg ham om et eller andet, måske vil det få ham til at tænke sig om.

-Jeg troede, du kunne lide mig, sagde Sofie. –Det var det indtryk jeg fik, dengang vi traf hinanden til den fest inde i byen, hvor du sagde, at jeg ligner Anastasia.

-Du er smuk, sagde Sten. –Men du er ikke så smuk som min søster var, inden han ødelagde hende. Ja, han ødelagde hende! råbte han.

-Hvor er hun nu, din søster? spurgte Sofie.

-Hun flyttede væk fra mig. Sten bøjede hovedet, og i måneskinnet kunne Sofie se, at en tåre trillede ned ad hans kind. –Hun rejste til New York, hvor hun flyttede ind i et eller andet kunstnerkollektiv sammen med flere andre kunstnere. Flere af hendes værker hænger på museer rundt omkring i Europa, hun er en meget dygtig maler, en stor kunstner, pralede Sten.

-Nå, jeg var ellers helt bange for, at du ville fortælle mig, at hun var syg og lå på hospitalet eller det der var værre, sagde Sofie. – Jeg er sikker på, at hun har haft karrieren i tankerne, da hun flyttede til New York.

-Nej, sagde Sten. Hun flyttede væk fra mig! Forstår du, Markus fik hende til at flytte væk fra mig! Han ødelagde hende.

-Hvordan kunne han ødelægge hende? spurgte Sofie. –Hvordan kunne Markus få din søster til at flytte væk fra dig? Det forstår jeg ikke. Hun så spørgende på Sten, der sad på en klippe et stykke væk og var et billede på den personificerede bedrøvelse.

-Hun var helt vild efter Markus, sagde Sten. –Vi havde boet sammen i mit hus i flere år, vi to alene, lige fra vi var børn, og vi havde det så dejligt sammen. Vi havde aftalt, at vi altid skulle bo sammen, at vi aldrig skulle skilles ad. Men så tog jeg hende med til et selskab, hvor Markus også var med, og hun faldt for ham med et brag. Og så var det hele ødelagt.

-Hvordan det? spurgte Sofie.

-Hun snakkede uafbrudt om Markus. De gik ud sammen, spiste middag, gik i teatret og på natklub for at danse. Hun var som besat. Hun sad i timevis og ventede på, at Markus skulle ringe til hende. Hun skrev lange breve til ham og opsøgte ham flere gange, hvor han ikke ville tale med hende. Hun så mig slet ikke mere.

-Hvad med dig selv, spurgte Sofie. –Havde du ikke en kæreste at gå ud med?

Sten så på hende, som om hun havde spurgt om noget utænkeligt og dumt. –Kæreste, selvfølgelig havde jeg en kæreste. Min søster var min kæreste hele tiden. Hun sov i min seng, vi elskede hinanden, vi var ligesom mand og kone. Lige til Markus kom ind i billedet.

Sofie var glad for mørket, der skjulte det sæt, der for gennem hendes krop. Hun tænkte sig om. Mon han ikke selv forstod, at han var helt kørt af sporet? Så tog hun sig sammen. Få ham til at tale om et eller andet, det var jo det, hun skulle. - Hvad skete der så, da Markus kom ind i billedet? spurgte Sofie.

-Det har jeg jo fortalt dig, din dumme ko! råbte Sten. Hun pakkede sine ting sammen og flyttede til New York, fordi Markus ikke ville bo sammen med hende. Så ville hun ikke bo i

Danmark mere. Hun har ikke været herhjemme siden dengang. Hun kommer aldrig tilbage til mig. Og jeg savner hende.

Sten havde derefter mumlet hen for sig, men han hev i Sofie og viklede hende ind i gaffatape, så hun ikke kunne røre sig. Hun prøvede på at skubbe til ham for at få ham til at miste fodfæstet, men han blev bare mere gal i hovedet og slog hende hårdt i ansigtet og på armene. Da han var tilfreds med sit værk, bar han hende ud på en klippe og kastede hende ud i mørket.

Sofie skreg af skræk og smerte. Hun følte, hvordan hun faldt ned på nogle rullesten og luften blev slået ud af hende. Hun hørte, hvordan nogle af rullestenene skred ud i gruset og faldt i vandet med nogle ordentlige plask. Hun rullede rundt flere gange og standsede op, da hun kom til at ligge presset ind mod en klippe. Lige før hun gled ind i bevidstløsheden, hørte hun hvordan Sten råbte efter hende.

-Der har du den, Markus. Nu har jeg ødelagt din kone, ligesom du ødelagde min søster. Hun er blevet fiskeføde, og du ser hende aldrig mere. En skinger latter lød ud i mørket, og det var det sidste Sofie hørte, inden hun gled ind i et barmhjertigt mørke.

***

Hun drømte igen. Der var nogen, der kaldte på hende, og pludselig så hun sin mor stå et lille stykke fra hende. Hun smilede, og der var en sær stråleglans rundt om hende.

-Mor, sagde Sofie. –Er du kommet for at hente mig? spurgte hun.

-Ikke endnu, min pige, svarede moderen. –Kan du se solen? Kan du mærke, hvordan den varmer din krop? Tænk på solen, forestil dig, at du er ved at tage solbad. Kom nu, du er nødt til at koncentrere dig. Der er så meget, du ikke har gjort færdigt. Tænk på det barn, du skal have. Du har slet ikke tid til at forlade verden endnu.

-Men mor, sagde Sofie bønfaldende. –Det er så svært, det gør ondt, og jeg fryser så forfærdeligt.

-De kommer snart og finder dig, sagde moderen beroligende. Markus kommer og henter dig.

-Markus? Sofies stemme var meget svag, og der var ingen, der svarede hende. Hun havde drømt om sin mor og om solen, der varmede så dejligt. Men der var ingen sol, kun en mørkegrå, vred himmel, hvor en ganske svag lysstribe forsøgte at trænge igennem alt det mørkegrå.

Pludselig hørte hun lyden af en helikopter, men hun kunne ikke se lyset fra den. Andre lyde trængte også ind i hendes frosne bevidsthed, og hun var helt sikker på, at hun hørte en båd lige nedenfor hvor hun lå. Hun så havet, de mørke klipper og rullestenene. Men så trængte en lysstråle igennem skydækket og ramte hendes halskæde, der af en eller anden grund havde undgået at blive tildækket af tapen.

Sofie forsøgte at vride sig fremad mod lysstriben. Det gjorde vanvittig ondt, men hun måtte holde ud. Et eller andet sted var hun klar over, at de ledte efter hende, og hun måtte gøre, hvad hun kunne, for at få dem til at lægge mærke til hvor hun lå. Hun klamrede sig til sin bevidsthed, mens hun prøvede på at få halskæden til at glimte i lysstrålen, men da solen forsvandt bag en sky igen, gled hun ind i mørket og vidste ikke mere, hvad der skete med hende.

***

Sofie vågnede på hospitalet. Lugten af hospital var det første hun genkendte, for den havde hun levet med i flere måneder engang for nogle år siden. En skikkelse sad og sov i en umagelig lænestol ved siden af sengen.

-Markus? hviskede hun. Han røg op af stolen med et sæt og bøjede sig ned over hende.

-Sofie, er du vågen? sagde han. Hans stemme rystede, og Sofie så, at han havde lange skægstubbe og var anderledes usoigneret end han plejede at være. Han greb begge hendes hænder og trykkede dem mod sit bryst, til han så, at der gik en trækning hen over hendes ansigt. Så huskede han på, at hun havde blå mærker på hænder og arme efter den hårde medfart hun havde fået, og at det sikkert gjorde ondt på hende.

-Undskyld, sagde Markus. –Jeg glemte helt ... Han tav og kæmpede med sine følelser. Så bøjede han sig ned og kyssede hende blidt på panden. –Jeg må hellere kalde på lægen, så hun kan komme og se på dig.

-Markus? hviskede Sofie igen. –Hvad er der sket med dig? Du ser forfærdelig ud. Hvorfor er du her? Sofie forsøgte at fokusere, men opdagede, at hun så helt skævt og rakte hånden op for at mærke på sit ansigt. Forbindinger om hovedet fortalte hende, at det skæve syn skyldtes, at hun kun kunne bruge det ene øje.

I det samme kom lægen ind ad døren, og da hun så, at Sofie var vågnet, gik hun straks i gang med at undersøge hende. –Hvordan har du det nu? spurgte hun.

Sofies stemme var svag men klar. –Jeg håber ikke, at jeg ser lige så elendig ud, som jeg føler mig. Er jeg blevet kørt over af et tog eller sådan noget? Hun lukkede øjnene og prøvede på at trække vejret dybt.

-Du ligger på hospitalet med en brækket ankel og en brækket arm, sagde lægen roligt. Dit ansigt var slemt forslået og forrevet i den ene side. Du har en kraftig hjernerystelse, og dobbelsidig lungebetændelse samt et hav af knubs og blå mærker over hele kroppen. Du var næsten død af kulde, da du blev fundet. Alt i alt var du slemt tilredt, så det er lidt af en sejr for os, at du er kommet tilbage til os.

-Kommet tilbage? spurgte Sofie. —Hvor har jeg været? Jeg kan ikke huske noget.

-Du har været bevidstløs i næsten en uge, sagde lægen. —Så utroligt som det lyder, så er der ikke sket noget med barnet.

-Barnet? sagde Sofie. —Hvad for et barn? Jeg har ikke noget barn. Ikke så vidt jeg ved, tilføjede hun usikkert.

-Nej, du har ikke noget barn endnu, men det ser ud til at du får det om nogle måneder, sagde lægen. -Men forsøg at hvile dig lidt mere, så kan din mand fortælle dig, hvad der er sket, mens du har været væk.

Lægen så tilfreds ud, da hun skrev noget op i journalen, nikkede til Sofie og Markus og gik ud ad døren. Sofie lukkede øjnene. Hun orkede næsten ikke at tænke. Hun skulle have et barn, det havde lægen sagt, men det måtte hun tænke på en anden gang. Og Markus, hvad skulle hun sige til Markus?

***

Da Sofie vågnede igen, følte hun sig lidt bedre tilpas. Der var ingen Markus i lænestolen ved sengen, så hun troede, at hun havde drømt, at han var der. Hun kunne heller ikke forlange, at han skulle sidde hos hende, når han havde så travlt. Og så var han jo ikke særlig interesseret i hende heller. Det var jo ikke hende, Markus ville have, det var kun barnet, tænkte hun og døsede hen igen.

Lidt efter gik døren op, og hun hørte nogen komme ind og sætte sig i stolen ved siden af sengen. Hun forsøgte af al magt at få det ene øje op, så hun kunne se, hvem det var.

-Anna? udbrød hun. –Er det dig, Anna? Sofie brast i gråd og hev efter vejret i en anstrengt hulken, fordi hun kunne ikke trække vejret så dybt.

-Så, så, søde barn, sagde Anna. –Du må ikke græde. Nu passer vi på dig, så bliver du snart rask. Simon går rundt udenfor og skaber sig, fordi han føler sig så hjælpeløs, at han ikke kan gøre noget for dig.

-Er Simon her? snøftede Sofie. –Åh, Anna, sig at han skal komme ind, så jeg kan se jer begge to.

Snart stod Simon ved hendes seng, og Sofie så, at han forsøgte at skjule sine tårer.

-Sofie, barn dog. Simon rystede på hovedet. —Hvad er det dog, du roder dig ud i. Du lægger os gamle mennesker i graven. Jeg har også sagt til din mand, at han er et pjok, der ikke kan passe bedre på sin kone. Det er meget bedre, at du kommer hjem til os at bo, når du får det bedre.

-Jamen, Simon, han kan ikke gøre for det, forsøgte Sofie at forsvare Markus. —Det er ikke hans skyld.

-Simon har ret, lød det nu henne fra døren, hvor Markus var kommet ind. —Jeg burde have passet bedre på dig. Men det får jeg vel lov til at gøre bedre fremover.

Simon fnøs, men Sofie så et tilfreds glimt i de øjne, han sendte Markus. —Jeg har fortalt ham, at Anna og jeg er dine reserveforældre, og at vi ikke er særlig begejstrede for en svigersøn, der behandler vores datter på den måde, han har behandlet dig.

-Simon, lad nu det hvile lidt, sagde Anna. Hun bøjede sig ned og gav Sofie et forsigtigt knus.

-Vi må gå nu, for vi skal nå ind på caféen inden det store rykind kommer. Kom Simon.

Simon gav Sofie et kys på panden. –Bare sig til, så skal jeg nok komme og ondulere din mand, hvis han ikke opfører sig ordentlig. Farvel, min skat.

***

Da Sofie var kommet mere til kræfter, fortalte Markus hende, hvad der var sket, efter at de fandt ud af, at hun var forsvundet. Karen Merete havde slået alarm, da Sofie ikke kom hjem om aftenen. Hun havde ringet til Arken og fået at vide, at Sofie for længst var gået, og at Sten ikke havde været der på pubben.

Der var også blevet ringet til Stens hus, men der blev ikke svaret, og da politibetjenten kørte ud til huset for at undersøge, om Sofie kunne være der, rapporterede han tilbage, at huset lå mørkt hen, og det så helt forladt ud.

En nærmere undersøgelse blev sat i gang ud fra Arken. Redningsholdet var blevet tilkaldt, og de ledte med stærke projektører i Mølledammen, men der var intet at se. Barpigen havde godt nok set Sofie tidligere på aftenen. Hun havde været på pubben og var gået igen efter en times tid. Hun havde kun drukket juice, så det var ikke fordi hun var påvirket af noget.

Da barpigen var på vej hjem, havde hun fundet Sofies ene sko nær ved huset. Hun sagde at hun havde lagt mærke til Sofies sko, for de var af et bestemt mærke, som hun selv plejede at bruge. Derfor vidste hun, at det var Sofies sko. Men der var intet andet spor at finde af Sofie. Der var heller inter spor af Sten Øjvang. Ingen havde set Sten denne aften, for han var gået hjem tidligt på dagen, fordi han havde følt sig lidt sløj.

De havde ledt ved færgelejet, men kunne ikke se noget i det mørke vand. De havde sendt bud efter en frømand fra fastlandet, men han kunne ikke komme før næste dag. I mellemtiden ledte de allesammen efter Sofie. De gik også ud på pynten, for nogen havde set hende sidde på bænken for et par dage siden, og de tænkte, at hun måske var taget derud igen. De kiggede ned ad skrænten, men så ikke noget.

Markus havde lejet en helikopter til at flyve sig ud på øen, så snart han hørte, at Sofie var meldt savnet. Ved daggry var de klar med helikopteren, så de kunne starte eftersøgningen fra luften, så snart det blev lyst nok til at se noget. De havde sejlet rundt om øen i en hurtiggående gummibåd, og da de var ude for pynten med bænken lyste de ind på de mørke klipper med en projektør for at se, om der skulle være noget, som de ikke havde kunnet se ovenfra pynten.

Pludselig havde lysstrålen fanget et eller andet blankt, der lå et stykke over vandkanten. Rednings-holdet blev sendt ud på pynten igen, og snart vrimlede det med mennesker oppe på pynten, og man fik kastet en line ned, så en mand kunne klatre ned og se på, hvad det var der glimtede dernede.

En livløs skikkelse havde ligget henslængt som en leddeløs dukke, der var blevet smidt ud af pynten og var rullet ned, men var blevet standset på sin færd af en klippe. Manden havde råbte op mod de andre, at han havde fundet Sofie. Hun var i live, men hendes livstegn var svage, så her måtte der handles hurtigt. Således blev Sofie bragt på hospitalet.

10.

Da Sofie var kommet så meget til hægterne efter ulykken, at hun kunne afhøres, fortalte hun om Sten Øjvangs del i hendes ulykke. Politiet havde eftersøgt ham i hele landet, men han var som opslugt af jorden, og ingen vidste, hvor han var blevet af, og der var ingen spor af ham nogen steder. Hans bil var også som sunket i jorden, og grænsepolitiet kunne ikke se noget tegn på, at han var kørt over grænsen sydpå.

Sofie mente ikke, det ville tjene noget formål at fortælle politiet, hvad Sten havde sagt til hende om Markus og hans søster. Men efter afhøringen fortalte hun Markus, hvad Sten havde sagt.

-De er ravende sindssyge begge to, havde Markus forsvaret sig. —Det er måske ikke så mærkeligt, når man tænker på, at deres forældre begik selvmord sammen, da de to var unge teenagers.

Stens forældre havde rejst rundt sammen i Østen, hvor de havde udviklet en afhængighed af narkotiske stoffer. De havde boet i Rusland i flere år, fordi de mente, at den russiske samfundsordning var den rette for alle lande. De havde rejst i mange lande i Østen og havde overladt deres børn til nogle mere eller mindre velvillige slægtninge. Ind imellem deres rejser opholdt de sig på Lyngø for at samle kræfter, havde de fortalt. De havde været så opslugt af hinanden, at de slet ikke havde sanset deres to børn, der bagefter kun havde haft hinanden at klamre sig til.

-Det er måske derfor, at de har udviklet sig i en retning, der ikke kan siges at være normal for bror og søster, sagde Sofie.

-Ja, man kan i hvert fald ikke påstå, at hun var normal, sagde Markus.

-Sten sagde, at du havde et forhold til hans søster, sagde Sofie. –Ifølge ham var det dig, der havde ødelagt hende og fået hende til at flytte til New York.

Markus rynkede panden. –Når jeg tænker tilbage, så husker jeg ikke så meget andet, end at hun var meget smuk. Jeg inviterede hende ud nogle gange, men jeg blev hurtigt træt af hende, fordi hun var så intens og besiddende. Hun ringede til mig dag og nat, hun dukkede op på mit kontor og kunne finde på at brase ind midt i et møde. Det kunne jeg ikke akceptere, så jeg bad hende holde sig væk, fordi jeg ikke var det mindste interesseret i hende. Vores forhold, som du siger, blev aldrig mere end platonisk. Måske fordi jeg fornemmede hendes ustabile mentale tilstand, der totalt overskyggede hendes skønhed.

-Sten fortalte mig også, at han og søsteren havde et kærlighedsforhold, der var alt andet end platonisk. Det havde du ødelagt, fordi du kom imellem ham og søsteren, sagde han. Sofie så på Markus som ville hun ikke rigtig tro på, hvad hun selv sagde.

-Det undrer mig slet ikke, sagde Markus. – Med den forskruede familiebaggrund, de var vokset op med, kunne man have forventet alt andet end normale tilstande.

Sofie gøs, da hun tænkte tilbage på Stens vanvittige opførsel ude på pynten på Lyngø.

-Vi kan gætte og formode i det uendelige, sagde Markus. –Sandheden er, at vi ikke har nogen anelse om, hvad der er foregået mellem

Sten og hans søster. Jeg er bare uendelig ked af, at hans had til mig skulle gå ud over dig.

-Du kunne jo ikke vide, hvad han pønsede på, svarede Sofie. –Det er ikke din skyld, at Sten er blevet syg i hovedet. Skal vi ikke bare forsøge at glemme det?

De talte ikke mere om Sten og hans søster, og de hørte ikke noget nyt om ham, før politiet en dag længe efter opsøgte dem i deres nye hus og fortalte, at nogle dykkere havde set en bil magen til Stens ligge nede på havbunden i en vig et godt stykke vej fra det sted, hvor han havde smidt Sofie ned ad skrænten. Der sad nogen i bilens førersæde, men det var umuligt at sige, hvem det var, fordi fiskene havde ædt hans ansigt, så han ikke umiddelbart kunne genkendes. Senere bekræftede tandlægekort, at det vitterligt var Sten Øjvang, der åbenbart havde begået selvmord efter sin ugerning mod Sofie.

***

Da Sofie blev udskrevet fra hospitalet, kørte Markus hende til det nye hus udenfor byen. Han havde selvfølgelig fortalt hende, at han havde købt huset, fordi han havde set, at hun kunne lide det. Huset passede bedre til en familie, hvor der kom småfolk inden ret længe, sagde han. Hun ville få frie hænder til at forandre det, hun ikke var helt tilfreds med.

Anna og Simon var der til at tage imod hende. De havde taget Markus til nåde igen, efter at de havde fundet ud af, at hans første prioritet var Sofies ve og vel. De var så fulde af kærlighed til hende, at de ikke kunne forestille sig, at Markus kunne føle andet end det samme for hende.

Sofie havde for en gangs skyld ikke indviet dem i sine mørke tanker, men havde holdt dem for sig selv. Anna og Simon troede, at hendes nedtrykthed stammede fra de voldsomme hændelser, der var overgået hende på Lyngø.

Der var gået nogle måneder siden ulykken, og Sofie var blevet rask, men hun var blevet stille og nedtrykt. Hendes mave voksede, og hendes følelser med hensyn til det ventede barn var blandede. Hun glædede sig, men var samtidig sørgmodig over at vide, at hun ikke ville få lov til at være en del af barnets liv.

Lægen havde rådet til den yderste forsigtighed, fordi Sofies krop havde været udsat for så meget trauma, at man havde kunnet frygte, at barnet ikke ville overleve. Gentagne scanninger havde vist, at barnet udviklede sig, som det burde, og Sofie var ør af glæde, da hun fik at vide, at hun ventede en pige.

Følelsen af lykke varede ikke så længe. Tanken om, at hun ikke ville se sin lille pige vokse op, at hun ikke ville kunne købe yndige kjoler til hende, var ikke til at bære. Men hun havde givet Markus et løfte, og det ville hun holde, om hun så skulle dø af det.

Anna og Simon var blevet en fast bestanddel af hendes liv igen, og deres støtte og opmuntring betød meget for Sofie. De kom og gik i huset, som de havde lyst til, og da Markus havde købt Sofie en ny bil, overlod hun sin gamle Daihatsu til Simon, så de nemmere kunne komme ud og besøge hende.

Sofie havde været nødt til at opgive sit arbejde under sit langvarige sygeleje. Simon forsikrede hende om, at hun ikke på nogen måde havde svigtet sine venner og klienter. Der var kommet en anden regnskabskyndig ind på Simons café på nogenlunde lignende måde som Sofie selv, og denne midaldrende mand havde været glad for at række en hjælpende hånd, til Sofie blev klar igen.

Markus havde forandret sig meget, syntes Sofie. Han var blevet meget omsorgsfuld og sørgede for, at hun ikke fik lov til at overanstrenge sig på nogen måde. Han kom hjem til huset hver aften og var i det hele meget mere opmærksom på hendes velbefindende. Men han havde sit eget værelse i det nye hus, mens hun havde fået det store soveværelse, hvor hun tilbragte hver nat alene i den store magelige seng, der var beregnet til et lykkeligt ægtepar. Han havde ikke nærmet sig hende seksuelt, siden hun blev rask efter ulykken. Han kom hver aften ind i hendes soveværelse og sagde godnat og kyssede hende på panden, som om han var hendes storebror. Der var ømhed og omsorg at spore hos ham, men der var ingen tegn på det begær, han havde følt for hende tidligere.

Sofie havde i de måneder, der var gået, fundet ud af, at hendes følelser for Markus var helt anderledes, end hun havde gået og bildt sig ind. Det intime samvær de havde haft på bryllupsrejsen og de enkelte par gange, det var sket hjemme i Danmark, havde bevist overfor hende, at hun ikke bare begærede Markus og ønskede at være sammen med ham altid, men at hun elskede ham af hele sit hjerte. Disse følelser havde vokset sig store i den mellemliggende tid, hvor hun havde set Markus og boet sammen med ham hver dag, og hun havde det allerstørste besvær med at skjule dem for ham. Hun forsøgte at undgå at være alene sammen med ham, fordi hun vidste, at chancen var mindre for, at hun kom til at røbe sig, når der var andre til stede.

Sofie var overbevist om, at Markus kun havde interesse for hende, fordi hun bar på det barn, han så inderligt havde ønsket sig. Hun troede ikke et øjeblik på, at han havde dybere følelser for hende. For ham var hun blot en nødvendig bestanddel i hans liv et lille stykke tid endnu, bare indtil barnet var blevet født og var blevet vænnet fra. Så ville hun blive smidt væk som en gammel hullet handske. Det var svært for Sofie at tænke så langt, men hun var nødt til at være praktisk. Hun havde selv sagt ja til sådan en ordning, og så måtte hun finde ud af senere, hvordan hun kunne komme videre med sit liv bagefter.

***

En smuk dag i forsommeren året efter Sofies og Markus' bryllup meldte Marie Ana Viliander sin ankomst. Fødslen gik over forventning, og begge forældre var ovenud lykkelige for den smukke lille pige, der viste sig at have kobberfarvet dun på hovedet.

Sofie var euforisk af lykke, og hun kunne ikke falde til ro. Hun følte, at hun nu havde fået tilgivelse for, at hun en gang havde fået fjernet et andet barn, der ikke var ønsket af sin far.

I dagene efter fødslen skubbede hun alle tanker om fremtiden fra sig. Hun ville ikke tænke længere end nuet, hun orkede ikke at tænke på, at en tidsfrist var ved at løbe ud. En skønne dag inden alt for længe ville Markus på sin egen venlige men bestemte måde minde hende om, at de havde en aftale, og at det nu var på tide, at hun begyndte at forberede sin afrejse fra det dejlige hus og det dejlige barn.

Sofies formodning blev meget snart til virkelighed, en skrækkelig virkelighed, der trængte sig mere og mere ind på hende. Nogle uger efter at de var kommet hjem fra hospitalet med lille

Marie, meddelte Markus hende, at han havde han ansat en barnepige, der ville komme den næste dag. Hun skulle bo i huset, så hun altid kunne være ved hånden, når der var brug for hende.

Han har allerede fundet min afløser, tænkte Sofie. Han kan ikke vente med at slippe af med mig. Men hun bøjede bare hovedet og nikkede, men sagde ikke noget.

Barnepigen kom den næste dag, som Markus havde sagt. Hun overtog straks lille Marie, og Sofie fik kun lov til at holde hende og nusse med hende, når hun skulle amme hende. Resten ordnede barnepigen, og Sofie havde alt for meget tid til at synke hen i fortvivlelse, når hun sad alene tilbage og ikke havde nogen at være sammen med eller tage sig af. Hun kæmpede sig op igen, hver gang hun fik Marie i armene, for hun ville ikke have, at den lille skulle mærke, at der var noget galt. Når hun så blev alene igen bagefter, faldt hun igen ned i en mørk afgrund. Til sidst kunne hun hverken sove eller spise, men hun sansede det ikke selv, fordi hun levede for de korte øjeblikke, hvor hun kunne holde Marie til sit bryst.

Det endte med, at hendes mælk tørrede ud. Pludselig havde hun ikke mere mælk at give den lille, og så gik barnepigen over til at give hende modermælkserstatning. I nogle dage fik Sofie ikke lov til at holde sin datter i sine arme, og hun forestillede sig, at hun hørte, hvordan hendes hjerte brast.

Fortvivlet søgte hun ud i halvmørket udenfor i haven, hvor hun fandt et hjørne af haven langt væk fra huset, hvor ingen ville høre hende eller finde hende. Hun gled ned på jorden bag et redskabsskur og ønskede bare at ligge der i fred og dø.

***

Sofie kom til bevidsthed meget langsomt. Hun holdt øjnene lukkede, for hun ville ikke tilbage til den smerte, hun havde oplevet, da mørket havde sænket sig omkring hende.

Hun følte, at nogen holdt hende i hånden og kyssede hende på panden.

-Anna? mumlede hun.

-Anna kommer snart, svarede Markus. -Jeg har ringet efter hende og Simon, for jeg kan ikke klare dette her mere.

-Markus, sagde Sofie og så op på ham. Så lukkede hun øjnene igen. –Jeg er så ked af det. Jeg skal nok skynde mig at blive rask, så du ... så jeg kan ... Hun klarede ikke at sige mere, fordi hendes hals snørede sig sammen og gjorde ondt. Hun forsøgte at synke, men det hjalp ikke.

-Undskyld, mumlede Sofie. –Jeg skal nok holde min del af aftalen.

-Aftalen? sagde Markus uforstående.

-Ja, svarede Sofie. –Vores aftale, da vi blev gift. Kan du ikke huske det, Markus? Du krævede, at jeg skulle gifte mig med dig, fordi Holger havde været skyld i, at din Marie, som du skulle have været gift med, blev dræbt i en bilulykke. Desuden skulle jeg føde et barn, som du skulle overtage, så snart det kunne lade sig gøre. Og så ville du lade dig skille fra mig.

-Ja, men ... begyndte Markus, men Sofie afbrød ham. Hun følte, at hun måtte få det sagt nu, mens hun stadig havde mod til det.

-Jeg har ikke mere mælk at give Marie. Barnepigen har også overtaget den funktion, når hun nu kan give hende modermælkserstatning fra flaske, så jeg har ingen ret til at være i dette hus mere. Jeg beklager, at jeg har været til besvær, men jeg skal sørge for at være ude af dit hus, så snart jeg kommer på benene igen. Anna vil nok hjælpe mig og køre mig ind til lejligheden i byen. Sofie lukkede øjnene, men åbnede dem ikke igen da hun hørte døren gå. Hun vidste jo, at det var Markus der havde vendt hende ryggen. Han var gået uden så meget som at sige farvel.

-Sofie? Anna lød bekymret.

-Anna, kære Anna. Sofie kiggede op på hende. —Hvorfor skal det være så svært? Jeg troede, jeg ville kunne gøre det. Jeg troede, jeg ville kunne forlade mit barn og den mand jeg elsker. De har taget mit barn fra mig, Anna. Og min mand vil skilles fra mig, fordi han aldrig har elsket mig. Hvad har jeg så mere at leve for? Sofie lukkede øjnene igen og hulkede hjerteskærende.

-Du tager fejl, lød nu Markus' stemme. — Se på mig, Sofie! befalede han. Hun følte sig tvunget til at se op på ham. Og der stod han med lille Marie på armen og holdt hende hen mod Sofie.

-Her er en lille dame, der meget gerne vil have sin mor, sagde Markus. Og her står en mand, der meget gerne vil have sin kone tilbage.

Sofie rakte armene ud mod Marie og tog imod hende fra Markus. Ud af øjenkrogen så hun, at Anna sad musestille i ammestolen henne i hjørnet. Hun havde et lykkeligt smil om munden. Hun måtte snakke med Anna senere, tænkte Sofie. Lige nu var det Marie og Markus, det drejede sig om. Hun så op på Markus.

-Det var måske som du sagde i begyndelsen, sagde Markus. —Jeg forsøgte at holde mig væk fra dig, da vi kom hjem fra bryllupsrejsen, og det lykkedes mig ved at kaste mig ud i arbejde både nat og dag. Men jeg havde meget, meget svært ved at overholde vores aftale. Han sad lidt og tænkte over, hvad han ville sige.

-Jeg håbede, da du var så imødekommende overfor mig dengang i din lejlighed, at du havde følelser for mig, men du blev ved med at være så fjern, så jeg turde ikke rigtig at håbe. Og så, da du forsvandt den aften på

Lyngø. Jeg led alle helvedes kvaler, og jeg forbandede mig selv for ikke at have talt ud med dig. Jeg var meget tæt ved at gøre det, da vi var ude og så på huset, men så svigtede modet mig. Det har jeg fortrudt lige siden. Jeg synes selv, jeg har gjort alt hvad jeg kunne for at vise mine følelser for dig.

-Ha! hulkede Sofie. –Vise følelser for mig! Du som ikke engang har prøvet på at nærme dig mig ... Sofie tav pludselig, da hun kom i tanker om, at Anna sad og lyttede til det hele. Hun vendte sig mod hende.

-Undskyld Anna. Dette her er alt for privat, så vil du ikke nok forsvinde et øjeblik? Du må komme ind og trøste mig bagefter. Sofie vendte sig mod Markus igen, da Anna havde listet sig ud. Men Anna var ikke helt færdig, hun stak hovedet ind ad døren og sagde –Husk at fortælle ham, at du elsker ham! Så lukkede hun døren stille i efter sig.

-Ja, Sofie, sagde Markus. –Vil du ikke nok huske at fortælle mig, at du elsker mig? For jeg elsker dig af hele mit hjerte. Og jeg dør, hvis du forlader mig. Han satte sig på sengen og omfavnede sin kone og datter og kyssede dem begge skiftevis. –Åh, gud, hvor jeg dog elsker dig, og jeg savner dig, jeg savner din lidenskab.

-Markus, sagde Sofie. –Gå ind med din datter til barnepigen og bed hende om at lægge hende til at sove. Sig så til Anna, at hun må vente med at trøste mig til lidt senere. Kom så tilbage hertil og vis mig, at du tør nærme dig mig igen. Så skal jeg nok vise dig, hvor meget jeg elsker dig.

Slut